Walter Wemmer

Wenn der Kopftopf pfeift....

29 satirische Alltagsgeschichten

Das weltweit einzige Buch mit Pinkel-Pause!

@ Walter Wemmer 2017

Cover: RK-Design, Lieboch
Titelfoto: Donner, Gratwein
Glatze: Eigenrasur
Zähne: Dr. Remschmidt, Graz

Herstellung und Verlag:
BoD – Books on Demand,
Norderstedt

ISBN 9 783743 142169

Vorwort:

Sie kennen das bestimmt: Sie beobachten und erleben im Alltag Dinge, über die Sie sich ärgern, laut aufregen oder wundern.

Aussagen ihres Chefs, die Rede eines Politikers, das Verhalten eines Arbeitskollegen, Freundes, Nachbarn oder Passanten auf der Straße, eines anderen Verkehrsteilnehmers, Erlebnisse innerhalb der Familie usw.

Dinge & Erlebnisse, bei denen Ihnen der Hut hoch geht.

Oder wie ich es nenne: Dinge & Erlebnisse, bei denen mein „Kopftopf" pfeift....

In diesem Buch bringe ich Ihnen Geschichten näher, bei denen mein Kopftopf ganz besonders gepfiffen hat....

Sie werden in der einen oder anderen Geschichte Menschen aus Ihrer Umgebung wiedererkennen....und da und dort wahrscheinlich auch sich selbst. Das dürfen Sie dann aber nicht zugeben.

Natürlich habe ich die Geschichten satirisch aufbereitet, denn auch wenn der Kopftopf noch so pfeift, im Endeffekt muss man über das Meiste lachen können. Dann macht das Leben Spaß!

VIEL VERGNÜGEN!

Aushaltsverzeichnis auf Seite 132

Die satirische Leser-Analyse

Zu Beginn meines dritten Buches möchte ich Ihnen eine kleine Analyse meiner Leserschaft näherbringen, bei der sich 4 grundsätzliche Leser-Typen herauskristallisiert haben.

Lesertyp 1: Die „Finanziellen"

Wenn man nach Veröffentlichung eines neuen Buches diesen Typ trifft, dann lautet die erste Frage immer:

„Bleibt da auch was hängen? Lohnt sich das?

Es freut mich zwar, dass sich diese Leute offenbar um meine Finanzen Sorgen machen, dennoch meldet sich bei dieser Fragestellung immer mein Zwölffingerdarm mit nervösem Zwicken.

Warum ist wohl klar, oder?

Ist diesen Leuten zufällig schon aufgefallen, dass mein Buch 132 Seiten Inhalt hat – mit vielen Themen und satirischen Betrachtungen?

Ist diesen Leuten schon mal in den Sinn gekommen, dass man über 132 Seiten Inhalt sehr viel reden und diskutieren kann?

Offenbar nicht. Das einzige, was dem finanziellen" Lesertyp interessiert, ist, ob ich dabei was verdiene.

Ich sage dann meistens: „Es ist noch keinem Menschen auf dieser Welt gelungen, durch Bücher schreiben Geld zu verdienen."

Da geht immer ein Aufschrei durch den kaufmännischen Leser.

„Das stimmt überhaupt nicht. Konsalik zum Beispiel oder diese Autorin von Harry Potter, diese Joanne K. Rowling, die haben Millionen durch das Bücher schreiben verdient.

„Ich wette mit euch, dass auch diese beiden durch Bücher schreiben keinen einzigen Cent verdient haben".

Die Wette gilt. Meistens wette ich € 20.-.

Dann trete ich den Beweis an: „Alle Autoren verdienen nicht durch das Bücher schreiben, sonder durchs Bücher **verkaufen**."

„Das ist doch das selbe!"

„Nein, ist es nicht. Ein geschriebenes Buch ist noch lange kein verkauftes Buch. Niemand weiß das besser als ich."

Die gewonnen € 20.- sind meistens das erste Geld, dass ich im Zuge eines neuen Buches verdiene. Steuerfrei!

Mein Essen für heute ist also damit bereits gesichert und die „finanziellen Lesertypen" brauchen sich für heute um mich keine Sorgen mehr machen.

Es ist bereits etwas „hängengeblieben". Die € 20.- aus der Wette.

Jetzt hätte der „finanzielle Lesertyp" eigentlich Zeit, mein Buch endlich auch zu lesen.

Die werden das auch noch tun. Davon bin ich felsenfest überzeugt.

Lesertyp 2: Die „Fehlersucher"

Es ist 2 h früh. Das Handy klingelt. Am anderen Ende ist ein guter Freund, der mir mit ein bisschen Helene Fischer-Feeling in der Stimme (Atemlos durch die Nacht) folgendes zu berichten weiß:

„Hallo Du, gut, dass ich dich erreiche. Es ist wegen deines neuen Buches. Ist dir schon aufgefallen, dass auf Seite 63 in der 6. Zeile der Abstand vor dem Bindestrich etwas größer ist, als der Abstand nach dem Bindestrich?"

„Wirklich? Katastrophe! Gut, dass du sofort angerufen hast. Ich werde mich sofort anziehen, in die Druckerei fahren und alle

Exemplare sofort händisch korrigieren!"

„Du verarscht mich jetzt aber nicht?"

„Doch, genau das tu ich!"

„Weshalb bist du so ungehalten. Ich habe es doch nur gut gemeint, bevor Andere den Fehler entdecken. Das fällt doch auf dich zurück."

„Das einzige, was auf mich zurückfällt, sind meine Augenringe, die ich morgen bei der Lesung haben werde, weil du mich aus dem Schlaf gerissen hast!"

„Gut, dann rufe ich dich nicht mehr an, wenn ich einen Fehler entdecke. Dann läufst du halt ins Messer!"

„Verschieden große Abstände zwischen einem Bindestrich sind kein Messer, sondern sind um 2 h früh genauso scheißegal wie um 6h früh, um 12h mittags oder 20h abends. Und jetzt lass mich schlafen!"

Der gute Freund legt wortlos auf und ist jetzt sicher kein guter Freund mehr. Hoffentlich. Dann kann ich bei meinem nächsten Buch endlich durchschlafen.

Ich war gerade wieder eingeschlafen, als mich der Klingelton meines Handys (Jürgen Drews „Heute schlafen wir in meinem

Cabrio - gut, dass wenigstens der schlafen kann) wieder brutal aufweckt.

Eine gute Freundin ist dran.

„Entschuldigung, dass ich so spät noch anrufe, aber es ist wichtig. Du hast in deinem neuen Buch links und rechts so einen ungewöhnlich breiten Rand gelassen, der sicher auch anderen Lesern auffällt. Sieht so aus, als ob Du Platz schinden wolltest. Wolltest du das?"

Ich war stocksauer....und daher böse.

„Nein, wollte ich nicht. Ich wollte nur genügend Platz lassen, damit du mit deinen Würstelfingern auch das Buch lesen kannst, ohne Textstellen zu verdecken.

„Du bist unfair. Ich weiß, ich habe zugenommen, aber das ist kein Grund, mich zu beleidigen, wo ich es dir doch nur gut gemeint habe wegen deines neuen Buches."

„Alle Leute, die es gut mit mir meinen, wecken mich mitten in der Nacht auf.

Ich fürchte mich schon davor, was den Leuten, die es **nicht** gut mit mir meinen, einfällt.

„Aber okay, wenn dich der breitere Rand an meinem neuen Buch stört, komme ich natürlich gleich morgen früh bei dir vorbei und schneide links und rechts ein Stückchen weg, damit es dir gefällt."

„Mit dir kann man nicht reden!"

„Um 2h30 ganz sicher nicht. Tschüssikowski!"

Ich denke, diesem Lesertyp macht es mehr Spaß, in einem Buch Fehler zu suchen, als den Inhalt zu lesen.

Es ist ihnen völlig egal, ob sie ein Telefonbuch, ein Kochbuch oder mein Buch lesen, Hauptsache es hat ein paar Fehler.

Mein nächstes Buch wird also nicht mehr aus satirischem Inhalt bestehen, sondern nur mehr aus Fehlern.

Das wird ganz sicher mein erster Bestseller!!

Lesertyp 3: Die „Schmeichler"

Jeder kennt sie und jeder braucht sie für seine Eitelkeit: Die Schulterklopfer und Bussi-Bussi-Umarmer.

„Also, dein neues Buch ist wieder eine Meisterleistung. Ich konnte gar nicht mehr aufhören, es zu lesen. Du hast alles so auf den Punkt getroffen. Das kannst einfach nur du."

Tut einerseits wohl, anderseits aber auch weh, denn mein neues Buch kommt erst nächste Woche in den Handel.

Okay. Eine Woche später. Anderer Ort. Anderer Schmeichler.

„Herrlich, dein neues Buch. Spitze wie immer.

Es ist eines der besten Satirebücher, das ich je gelesen habe! Davon verkaufst du sicher 100.000 Stück!"

Ja ganz sicher. Habe ich von meinem letzten Buch ja auch verkauft. Nullen zählen ja nicht, oder?

Anderer Ort. Andere Schmeichlerin.

„Fantastisch dein neues Buch. Ich habe gleich 30 Stück bestellt, für meine ganze Familie."

Die Leute vergessen einfach, dass wir im Hightech-Zeitalter leben und ich via Internet jederzeit die Bestellungen meiner Bücher abrufen kann.

Aktueller Verkaufsstand: 2 Exemplare.

2 Exemplare. Ich habe 2 Söhne. Zufall?

Eigentlich habe ich mit 3 Exemplaren gerechnet. Ich glaube, ich muss mit meiner Frau mal ein ernstes Wort reden.

Vergessen wir die Schmeichler und widmen wir uns dem Lesertyp 4.

Lesertyp 4: Die „Lies-und-weg-Leser"

Bei den Getränken gibt es die „Dreh-und-trink-Trinker" und bei den Büchern gibt es die „Lies-und-weg-Leser". Die kaufen ein Buch (Gott sei dank), lesen es und stellen es kommentarlos in das Bücherregal.

Oder schenken es weiter, weil es Ihnen gefallen hat.

Oder werfen es in den Papierkorb, weil es ihnen nicht gefallen hat.

Das wird bei meinen Büchern ja hoffentlich nicht der Fall sein.

Die „Lies-und weg-Leser" sind die größte Gruppe der LeserInnen.

Daher auch die wichtigste Gruppe.

Diese Leute lesen mein Buch ohne zu fragen, ob etwas „hängen bleibt", suchen in meinen Büchern keine Fehler und schmeicheln mich nicht mit Lügen voll.

Diese Leute lesen einfach mit Genuss mein Buch, haben Spaß daran, machen sich nicht literarisch wichtig und machen mir keine Vorschläge, was ich in meinem nächsten Buch unbedingt satirisch aufarbeiten soll.

Dieser Gruppe gilt mein ganz besonderer Dank und meine Hochachtung.

Für diese Gruppe habe ich auch dieses neue Buch geschrieben.

Beipackzettel des Grauens

Wer schreibt die besten Satiren?

Meine Frau sagt: „Du".

Aber das muss sie nicht. Ich hätte sie auch so geheiratet.

Nein, auch wenn es eine Satire ist, mal ganz im Ernst:

Die besten Satiren schreibt das Leben!

Eines der besten Beispiele dafür schildere ich Ihnen jetzt. **Und diese Geschichte beruht voll und ganz auf Wahrheit!!**

Ich hatte seit ein paar Wochen mit einem seltsamen Problem zu tun. An meinen Beinen entstanden immer kleine Rötungen, die dann innerhalb ein paar Tagen münzgroß wurden, stark juckten und innerhalb von 2 bis 3 Wochen wieder verschwanden.

Dieses Spiel wiederholte sich des öfteren, also beschloss ich, einen Hautarzt aufzusuchen.

Nach eingehender Untersuchung und der Beruhigung, dass dies nichts Schlimmes ist, verschrieb er mir ein Medikament, dessen Namen ich hier nicht erwähne, sonst erhalte ich womöglich noch eine Klage des Pharma-Unternehmens.

Ich holte mir das Medikament in der Apotheke, las den Beipackzettel....und traute meinen Augen nicht!

Das stand bei den möglichen Nebenwirkungen Schwarz auf Weiß unter anderem:

„....Halluzination, Depression, wiederkehrende Gedanken an oder Beschäftigung mit Selbstmord wurden ebenfalls berichtet."

Na wumm!!

Das muss man sich mal vor Augen führen.

Da geht man wegen ein paar harmloser Wimmerl zum Hautarzt und der verschreibt einem ein Medikament, nach dessen Einnahme man sich dann im Geiersturzflug vom Kirchturm schmeißt!

Oder als Gleisvorleger auf den nächsten Zug wartet.

Oder seinen eigenen Kopf zum Emmentaler schießt.

Rein medizinisch gesehen, hat das schon seine Richtigkeit.

Der Juckreiz ist dann sicher weg. Ganz sicher.

Todsicher!!

Das nennt man Radikalmedizin.

Ich habe diesen Medikamentenanschlag überlebt.

Ich habe nämlich geistesgegenwärtig die Tabletten nicht eingenommen, sondern als Beweismittel für diese satirische Berichterstattung in meine Schreibtischlade gelegt.

Übrigens: Selbstmord ist nur mehr mit Beipackzettel erlaubt.

Sie müssen vor ihrem Selbstmord in der Umgebung Zettel mit folgendem Inhalt verteilen:

Ich mache Selbstmord. Das kann nicht nur mein Leben gefährden, sondern auch ihres, wenn ich nämlich vom Kirchturm genau auf ihren Kopf springe, oder wegen mir der Zug notbremsen muss und sie im Zug dann unglücklich stürzen oder sie zufällig genau in meiner Schusslinie stehen.

Nur so ist ihr Selbstmord in Zukunft rechtlich einwandfrei.

Nachdem ich ständig auf der Jagd nach Material für meine Satiren bin, plünderte ich unseren Medikamentenschrank und nahm mir die Beipackzettel anderer Präparate unter die Lupe.

Da steht zum Beispiel bei einem Medikament, das ich hier aus erwähnten Gründen als „XYXYZ" bezeichne:

„XYXYZ darf nicht eingenommen werden, wenn Sie allergisch gegen einen der Bestandteile (siehe Auflistung) sind."

In der Auflistung stehen dann u.a. Wirkstoffe wie z.B. „Carboxymethylstärke-Natrium, Magnesiumstearat, Caramellose Calcium oder hochdisperses Siliciumdioxyd" und so weiter.

Frage:

Wie soll ich kleines, unstudiertes Würstel, Sohn eines Arbeiters und einer Hausfrau wissen, ob ich allergisch auf „Carboxymethylstärke-Natrium, Magnesiumstearat, Caramellose Calcium oder hochdisperses Siliciumdioxyd" bin?

Hallo!!!!

Das weiß nicht einmal mein Hausarzt, der mich auf meine diesbezügliche Frage mit großen Augen wie ein gewürgter Kuckuck angeschaut und gemeint hat: „Das kann ich so nicht sagen."

Das weiß auch nicht der Apotheker, obwohl beide Berufsgruppen hoch studiert sind.

Und dann soll **ich** das wissen??

Hallo????

Fazit: Jeder Kranke ist bei Einnahme von Medikamenten also auf Selbstversuche angewiesen.

Und kann seine Erfahrungen nur dann weitergeben, wenn er das Medikament auch überlebt.

Was nicht immer so sicher ist.

Zumindest kann niemand sicher sein, durch das Medikament nicht ein anderes Leiden zu bekommen, das viel tragischer ist, als jenes Leiden, gegen das er dieses Medikament eingenommen hat.

Ich weiß übrigens inzwischen, ob ich auf Carboxymethylstärke-Natrium, Magnesiumstearat, Caramellose Calcium oder hochdisperses Siliciumdioxyd allergisch bin.

Ja, ich bin dagegen allergisch!

Weil ich für diese Ausdrücke 15 Minuten brauche, bis ich sie richtig lesen kann, weil ich 30 Minuten brauche, um diese richtig zu schreiben und mein Leben zu kurz ist, um diese zu verstehen!

Ja, ich bin gegen Carboxymethylstärke-Natrium, Magnesiumstearat, Caramellose

Calcium oder hochdisperses Siliciumdioxyd allergisch!

Denn wenn ich solche Ausdrücke lese, dann bekomme ich immer einen roten Kopf, einen dicken Hals und Magenkrämpfe!

Typische Allergiemerkmale.

Medikamente sind russisches Roulette!

Das beweisen auch solche Angaben auf Beipackzetteln, wie z.B. (keine Satire, sondern bittere Tatsache!):

„Häufige Nebenwirkungen, betreffen 1 bis 10 Behandelte von 100: Lungenentzündung, Feindseligkeit gegenüber anderen Personen, Verwirrtheit, Gedächtnisverlust, Atembeschwerden, Doppeltsehen, Gefäßerweiterungen, Anschwellen des Gesichts, Erektionsstörungen.....“

Und, und, und....ich kann hier beim besten Willen nicht alle Nebenwirkungen, betreffend 1 bis 10 von 100 anführen, weil mir beim Schreiben der oben erwähnten schon sauübel und schwindlig geworden ist.

Dieses Medikament ist Russisches Roulette vom Feinsten....für Patienten, die das Risiko lieben!

Betreffend 1 bis 10 von 100.

Die Chance, nach Einnahme dieses Medikamentes völlig fertiggefahren zu sein, sind wirklich riesengroß.

Eben 1 bis 10 von 100.

Dagegen ist das Leiden, gegen das dieses Medikament verschrieben wird, vermutlich nur ein Klacks.

Wenn Sie also ein bisschen Abenteuer in Ihr Leben bringen möchten, weil es Ihnen zuhause im Alltag zu langweilig ist, dann werden Sie einfach ein bisschen krank, nehmen Sie ein Medikament und warten Sie auf die Nebenwirkungen.

Vorher noch schnell ins Wettbüro und wetten, welche von den am Beipackzettel angeführten Nebenwirkungen bei Ihnen tatsächlich auftreten und Sie können nebenbei mit ein bisschen Glück auch noch reich werden.

Wenn Sie es noch genießen können oder erleben, denn es könnte auch der Fall eintreten, dass Sie vorher mit absoluten Verwirrtheitszuständen in der Klapsmühle landen, sich im Geiersturzflug vom Kirchturm stürzen oder mit unheilbaren Nebenwirkungen in der Intensivstation liegen und von ihrem Wettgewinn nichts mehr mitkriegen.

Wie heißt es beim Lotto: Alles ist möglich!

Das heißt es bei Medikamenten auch.

Genau genommen, müssten Medikamente unter das Glücksspielgesetz fallen.

Oder verboten werden. Im Sinne der Volksgesundheit.

Um auf den Ursprung dieser satirischen Geschichte zurückzukommen: Ich habe meine juckenden Wimmerl an den Beinen mit einem alten Hausmittel behandelt – einer Flasche Wodka.

Die Hälfte der Flasche habe ich zum Einreiben verwendet, die zweite Hälfte gesoffen.

Die Nebenwirkungen dieses Hausmittels waren mir schon vorher aus gelegentlichen Selbstversuchen bekannt: Ein mittlerer Dusel mit doppeltem Sehen, leichten Orientierungsproblemen und erhöhtem Harndrang.

Aber alles im grünen Bereich und ohne dauerhafte Schäden.

Das ist der große Unterschied zu den Medikamenten der Pharmaindustrie.

Die Wimmerl sind zwar noch immer da, mir aber nach der Flasche Wodka völlig wurscht!

Die armen Kinder

Laut aktueller Studie leiden immer mehr Kinder bereits im Volksschulalter unter enormen Rückenproblemen.

Schuld daran sind die schweren, überfüllten Schulrucksäcke, welche die armen Kleinen Schultag für Schultag mit sich herumschleppen müssen.

Das muss sich ändern.

Entrümpeln wir also die Schulrucksäcke, um den Kindern zukünftig Wirbelsäulenschäden zu ersparen und reduzieren wir den Inhalt auf das Wichtigste.

Raus mit den Schulbüchern!

Erstens können Kinder kaum mehr richtig lesen und außerdem brauchen die Kinder den Platz für unersetzbare „Lebensmittel", wie z.B. Laptops, Tablets und Handys. Die sind viel leichter als Bücher.

Raus mit den Schulheften!

Die Kinder brauchen den Platz notwendiger für ihre Springmesser und Schlagringe, falls es mit Mitschülern zu Differenzen kommt. Durchsetzungsvermögen ist die beste Schule für das Leben.

Raus mit Taschenrechner, Lineal & Co!

Die Kinder brauchen Platz für Pistolen und andere Schusswaffen, falls es zu größeren Streitereien mit Mitschülern kommt.
Man muss sich ja wehren können!

Raus mit Geo-Dreieck und Zirkel!

Das ist viel zu gefährlich. An der Zirkelspitze kann man sich ebenso verletzen, wie an den scharfen Kanten des Geo-Dreiecks. Handgranaten dagegen sind rund, da kann sich niemand verletzen und die sind auch viel cooler in der Optik.

Raus mit der Schuljause!

Die Kinder brauchen Platz für ihre Drogen. Schulärzte empfehlen übrigens Cannabis statt Heroin. Das ist leichter im Gewicht und man braucht keine Spritzen mit sich herumtragen, was sich wiederum im Gewicht auswirkt.

Raus mit dem Federpennal!

Die Kinder brauchen Platz für die unersetzliche kugelsichere Weste, falls ein Mitschüler mal aus Langeweile Amok läuft.

So, das Unnotwendige ist weg, der Schulrucksack ist auf das Wichtigste reduziert.

Den Kindern ist geholfen.

So geht Humanität!

LEBE wohl.

(Ähnlichkeiten mit dem beliebten Spiel „Ich packe meinen Koffer und nehme mit...sind rein zufällig oder doch gewollt).

Es war ein Sonntagmorgen wie so viele zuvor. Die Kinder spielten im Garten und das Elternpaar saß gemütlich beim Frühstück.

SIE: „Schatz, **liebst du mich eigentlich noch?**"

ER: „Was für eine Frage, natürlich liebe ich dich noch. **Du bist mein Leben!**"

SIE: "Ich bin dein Leben? Und die Kinder liebst du nicht?"

ER: „Natürlich liebe ich auch unsere Kinder. Du und die Kinder, **ihr seid mein Leben!**"

SIE."Und mein Essen schmeckt dir nicht?

ER: "Natürlich mag ich dein Essen. Du kochst ausgezeichnet. Du, die Kinder und dein Essen, **ihr seid mein Leben!**"

SIE: "Ich wusste es, du magst meine Eltern nicht."

ER: "Blödsinn. Natürlich mag ich auch deine Eltern. Du, die Kinder, dein Essen und deine Eltern, **ihr seid mein Leben!**"

SIE: "Mit deinen Eltern hattest du nie ein gutes Verhältnis, oder?"

ER: "Das weißt du doch, dass ich mich mit meinen Eltern auch gut verstehe. Du, die Kinder, dein Essen, deine Eltern und meine Eltern, **ihr seid mein Leben!**"

SIE: "Und den Hund. Magst du den auch?"

ER: "Klar doch. Rolfi gehört doch auch zu unserer Familie. Du, die Kinder, dein Essen, deine Eltern, meine Eltern und der Hund, **ihr seid mein Leben!**"

SIE: "Wenn ich, die Kinder, mein Essen, meine Eltern, deine Eltern und der Hund dein Leben sind, wieso bist du dann jeden Tag immer so lange im Büro?"

ER: "Weil es meine Arbeit ist, die Arbeit, von der wir alle leben. Ich liebe meine Arbeit. Du, die Kinder, dein Essen, deine Eltern, meine Eltern, der Hund und meine Arbeit, **ihr seid mein Leben!**"

SIE: "Wenn ich, die Kinder, mein Essen, meine Eltern, deine Eltern, der Hund und deine Arbeit dein Leben sind, wieso putzt du dann jeden Sonntag stundenlang dein Auto und polierst mit Wattestäbchen die Alufelgen?"

ER: "Weil unser Auto auch zu uns gehört. Ich

liebe unser Auto. Du, die Kinder, dein Essen, deine Eltern, meine Eltern, der Hund, meine Arbeit und das Auto, **ihr seid mein Leben!**"

SIE: "Wenn ich, die Kinder, mein Essen, meine Eltern, deine Eltern, der Hund, deine Arbeit und das Auto dein Leben sind, wieso verbringst du dann Stunden im Keller und sortierst und pflegst dein Werkzeug?"

ER: "Weil es ein gutes Werkzeug ist, das viel Geld gekostet hat und ich mein Werkzeug auch mag. Du, die Kinder, dein Essen, deine Eltern, meine Eltern, der Hund, meine Arbeit, das Auto und mein Werkzeug, **ihr seid mein Leben!**"

SIE: "Wenn ich, die Kinder, mein Essen, meine Eltern, deine Eltern, der Hund, deine Arbeit, das Auto und dein Werkzeug dein Leben sind, wieso...."

ER: "Schluss jetzt! Was soll die ganze Scheiße? Du nervst mich, du nervst mich, du nervst mich!!!"

SIE: "Jetzt weiß ich es endlich, jetzt ist die Wahrheit heraußen, ich wusste es von Anfang an, **du liebst mich nicht mehr!**"

ER: **holt sein Werkzeug aus dem Keller.**

So kann aus einem gemütlichen Frühstück am Sonntag morgen eine Familientragödie werden....und wenn man davon in der Zeitung liest oder in den Nachrichten hört, wundert man sich immer wieder, wie es wohl zu so etwas kommen kann.

Taxi, Taxi....

Ich fahre gerne Taxi. Nicht weil ich Alkoholiker bin, sondern weil jede einzelne Taxifahrt ein Erlebnis für sich ist.

Und je weniger einheimische Taxichauffeure es gibt, um so größer wird das Abenteuer.

Nichts gegen Ausländer. So lange sie mich verstehen, den richtigen Weg finden und mir keine kostspielige Stadtrundfahrt verpassen.

Zum Thema verstehen: Ich stieg ins Taxi zu einem freundlichen, arabischstämmigen Chauffeur und nannte mein Fahrziel: „Untere Gartengasse 11".

Der Chauffeur neigte sich zu seinem am Armaturenbrett befestigten Navi und begann zu tippen.

Nach 10 Minuten teilte er mit: „Nix geben Untergattigasse in dieser Stadt".

„Ich sagte nicht Untergattigasse, sondern Untere Gartengasse".

„Untere Gattigasse".

Nicht „Gatti", Gatti ist eine Unterhose, sondern G-a-r-t-e-n!"

Ah Garten. Schön. Ich und meine Frau wir träumen schon lange von schönem Garten.

Blumen und Gemüse nix mehr teuer kaufen in Supermarkt."

„Könnten wir jetzt bitte endlich mal losfahren in die Untere Gartengasse 11? Kennen Sie diese Gasse überhaupt?"

„Leider nix kennen, bin erst 4 Monate in Österreich."

„Haben Sie überhaupt einen Taxischein"?"

„Natirlich habe ich einen Taxischein. Den von meinem Bruder."

„Was? Sie haben gar keinen eigenen Taxischein?"

„Wir in Familie halten zusammen. Bruder hat Taxischein und ich, meine weiteren 3 Brider und Onkel und Papa, wir alle fahren damit Taxi!"

„Okay. Mir auch egal. Wenn ich nur bald in die Untere Gartengasse komme".

Ich zog das Navi kurzerhand in meine Richtung und tippte das Fahrziel ein. Der Chauffeur fuhr los.

Es war ein heißer Sommertag. 33 Grad im Schatten und ich spürte im Taxi nicht den leisesten Hauch einer Klimaanlage.

„Könnten Sie bitte die Klimaanlage einschalten. Das ist ja nicht zum Aushalten"!

„Tut mir leid, Klimaanlage ist gerade eben kaputt geworden."

„Bin ich nicht schon voriges Jahr mit ihnen gefahren und da war die Klimaanlage auch schon kaputt?"

„Ja, war voriges Jahr auch schon kaputt. Wie ich sagen, gerade eben kaputt geworden. Was ist schon 1 Jahr in Ewigkeit?"

„Aha. Keinen eigenen Taxischein, aber Philosoph.

Aus welchem Land kommen sie eigentlich?"

„Ich komme aus Irak. Irak ganz ganz schlecht. In Irak die Leute schießen, stechen und bomben. In Österreich viel viel besser. Da Leute nur hupen, schreien und Stinkefinger zeigen. Das nix schlimm!"

Schweißgetrieft und so für die Gesellschaft ungeeignet stieg ich am Fahrziel aus dem Taxi ohne dem Chauffeur ein Trinkgeld zu geben, denn kein Taxischein, Fahrziel nicht kennen und kaputte Klimaanlage waren mir eine zu schlechte Dienstleistung.

Der Chauffeur schüttelte den Kopf.

„Ich nix verstehen. Österreicher gehen am Abend in die Sauna und bezahlen viel Geld für Schwitzen. Wenn sie schwitzen in Taxi, dann sie böse und geben keine Trinkgeld."

Ich gab dem irakischen Philosophen 1 Euro und wünschte ihm viel Glück, falls er einmal doch einmal seinen eigenen Taxischein machen sollte.

Ein weiteres Erlebnis bei Taxifahrten sind die Düfte.

Der Stammbaum der Taxifahrer ist offenbar der Duftbaum.

Er ist fast in jedem Taxi zu finden und eigentlich können Sie sich ihr Taxi nach der Duftnote aussuchen, von Vanille über Grüner Apfel, Wildkirsche bis zu herberen Duftnoten wie Eukalyptus oder Fichtennadel.

Ich vermute, dass die Taxis schon vom Autohaus mit Duftbaum ausgeliefert werden.

Die Duftnote variiert je nach Vorliebe des Chauffeurs und wird durch individuelle Duftnoten weiter personalisiert.

Damit meine ich nicht die Verdauungsdüfte des Chauffeurs, die sicher auch in die individuelle Duftnote eines Taxis einfließen, sondern jene Dufterlebnisse, die durch die

Jause des Chauffeurs in Zusammenarbeit mit dem Duftbaum entstehen.

„Kebap/Pfefferminze" wäre zum Beispiel eine davon.

Oder „Fleischlaibchen/Pina Colada" (für meine deutschen Leser Frikadelle/Pina Colada).

Oder „Leberkäse/Mango".

Oder „Salami/Flieder"

Alles kreative Duftkombinationen, die man nicht bei Chanel, nicht bei Hugo Boss, nicht bei Jil Sander oder sonst einer Parfummarke findet, sondern nur im Taxi.

Exklusiv!!

Gehört der Fahrer oder die Fahrerin überdies zur rauchenden Gesellschaftsschicht, dann ergeben sich sogar dreifache Duftkombinationen.

„Marlboro/Hühnernuggets/Jasmin" zum Beispiel.

Oder „Memphis/Fischmac/Orange."

Oder „Camel/Tilsiter/Wildkirsche."

Oder „HB/Thunfisch/Ocean."

„Thunfisch" und „Ocean" ist ja irgendwie noch schlüssig.

Manche Duftkombinationen erreichen dann schon Drogencharakter.

Wenn man ins Taxi einsteigt, wird man sofort berauscht, fällt in Dämmerzustände, bekommt Halluzinationen und sieht vielleicht sogar Marsmännchen, Mädchen mit 3 Brüsten, Zwergenkönige oder in ganz schlimmen Fällen sogar seine eigene Schwiegermutter.

Ich erhole mich gerade von meiner letzten Taxifahrt, bei der ich sogar von einer vierfachen Duftkombination ins Reich der Wahnvorstellungen geschickt wurde:

„Pistazie/Parisienne/Hyazinthe/Pitralon" hieß diese atemberaubende Duftmischung, die ich mir jetzt patentieren lasse, in Flacons fülle und am Drogenmarkt verkaufe.

Da verdiene ich sicher mehr als beim Bücher schreiben.

Das Fiat Panda Trauma

Ich fahre einen Fiat Panda.

Ich fahre einen Fiat Panda, weil er mir genügt und ich das Angeben jenen überlasse, die das nötig haben.

Daher kennt keiner das „Fiat Panda Trauma" besser als ich.

Das haben nämlich nicht die Fiat Panda-Fahrer, sondern die Fiat Panda-Hinterherfahrer.

Hinter einem Fiat Panda nachfahren, das geht ja gar nicht!

Egal, wie schnell der Fiat Panda auch fährt, der dahinter muss nach vor.

Hinter einem Fiat Panda nachfahren verursacht glaube ich juckenden Ausschlag oder Migräne oder was weiß ich für Leiden.

Hinter einem Fiat Panda herfahren ist gegen jede Ehre. Wenn das jemand sieht, oh Gott, oh Gott!

Wie ist es sonst zu erklären, dass jeder Autofahrer, der hinter einem Fiat Panda nachfährt, sofort zum Wackeldackel wird?

Hinten im Fond wackelt der Dackel und am Fahrersitz der Kopf des Fahrers, der seinen

Kopf hektisch von links nach rechts und von rechts nach links bewegt, um zu sehen, ob er ja schnell überholen kann.

Selbst wenn ich mit meinem Fiat Panda auf der Bundesstraße, wo 80 erlaubt sind, mit 100 dahinzische, sobald ein Auto hinter mir auftaucht, beginnt der Kopf dieses Fahrers zu pendeln, wie bei einer Bobfahrt durch den Eiskanal.

Hinter einem Fiat Panda nachfahren, das kann man nicht auf sich sitzen lassen, also muss man den Kleinen um jeden Preis überholen und koste es das Leben.

Der Gang wird zurückgeschaltet, dass der Motor aufheult wie ein Rasenmäher, der Formel 1 fahren möchte und egal, ob eine Kurve kommt oder nicht, egal wie nah der Gegenverkehr schon ist, es wird ausgeschert und mit Einsatz aller Menschenleben überholt, bis der kleine Fiat Panda im Rückspiegel sichtbar wird.

Bei stark motorisierten PKWs verstehe ich das ja noch.

Aber es haben auch PKW-Besitzer dieses „Panda-Trauma", deren Fahrzeuge kaum stärker sind als mein Fiat Panda .

Ich fahre zum Beispiel auf der Autobahn mit 140 km/h, was für meinen Panda überhaupt kein Problem ist.

Aber jeder muss den Fiat Panda überholen – und wenn es nicht anders geht, dann eben auch nur mit 2 km/h Unterschied.

Der Überholvorgang beginnt dann gleich nach Graz und endet kurz vor Linz, wobei ihnen vom Ventilator ihres Kühlers schon die Zehennnägel geschnitten werden, weil sie mit Ihrem Gasfuß durchs Blech durch sind.

Kennen Sie Transformers?

Sie kennen Transformers sicher aus den einschlägigen Filmen, wo sich Roboter zu LKWs, Panzern und dergleichen verwandeln.

Das ist Science Fiction.

Jene Transformers, die hinter Fiat Pandas herfahren, sind hingegen Realität.

Da transformieren intelligente Menschen in sekundenschnelle zu Vollkoffern!

Ihr Aussehen verändert sich zwar nur geringfügig, meist werden nur die Köpfe etwas roter und die Adern an Hals und Händen werden sichtbarer, aber es gibt dennoch eine große Veränderung: geistig!

Mit dem Druck auf das Gaspedal sinkt aliquot der Intelligenzquotient.

Wenn mir solche Transformers auffallen, dann bewundere ich immer meinen Wellensittich.

Der hat nur einen ganz kleinen Kopf und ist dennoch um so viel gescheiter.

Dennoch bin ich diesen Autofahrern dankbar.

Worüber sollte ich mich sonst beim Autofahren amüsieren?

Ohne das Fiat Panda-Trauma wären meine Autofahrten viel viel langweiliger!

Und jetzt fahre ich nach Graz und bin schon gespannt, wie viele Wackeldackel in Menschengestalt mir heute auffallen.

Vater unser des Spielers

Vater unser im Himmel,
an 6 Automaten ich spiele,
die richtigen Reihen sollen kommen,
damit der Rubel zu mir rollt
und ich erlebe den Himmel auf Erden.

Den Lotto-Jackpot gib mir heute,
damit ich vergessen kann meine Schulden
und wieder begegnen kann meinen
Gläubigern.

Damit ich mir leisten kann jede Versuchung
und mich erlösen kann vom Exekutor, dem
Bösen.

Dann wäre ich endlich reich
und hätte Kraft für alle Herrlichkeit
in Ewigkeit.

Amen.

Vater unser des Alkoholikers

Vater unser im Himmel,
geprostet habe ich auf deinen Namen,
mein Rausch komme,
denn mit ein paar Promille ich sehe
den Himmel,
wenn ich liege auf der Erden.

Mein tägliches Quantum gib mir heute
und vergib dem Wirt ja nicht seine Schuld,
dass er mir nichts mehr ausschenkt auf
Schulden.

Führe mich bitte nie in Ernüchterung,
denn nur sternhagelvoll bin ich entspannt
und impotent für das Böse.

Doppelt sehe ich dein Reich,
im Alkohol liegt die Kraft
und das Delirium in Ewigkeit.

Amen.

Vater unser des Arbeitsscheuen

Vater unser im Himmel,
Meier August ist mein Name,
das Arbeitslosengeld komme,
die Überweisung geschehe,
denn so geht's mir himmlisch auf Erden.

Einen kleinen Pfusch gib mir heute
und vergib, dass ich bezahle dafür keine Steuern,
und auch die Krankenkasse nichts sieht
von den Moneten.

Führe mich bitte nie in Versuchung
an eine geregelte Arbeit zu denken,
denn morgens aufstehen will ich mir
jeden Tag schenken.

Der Sozialstaat ist mein Reich,
ich spare Kraft und genieße die
Herrlichkeit in Ewigkeit.

Amen.

Sag es mit dem Hunde

Sie möchten ihren Nachbarn endlich mal unverblümt sagen, was Sie von ihnen halten, ohne dafür gerichtlich belangt werden zu können?

Sagen Sie es mit dem Hunde!

Kaufen Sie sich einen Hund und nennen Sie ihn zum Beispiel „Uhu" oder „Xanthippe".

Schon können Sie durch den Garten laufen und laut diesen Begriff zu ihren Nachbarn schreien – Sie rufen ja nur Ihren Hund. Das kann Ihnen keiner verbieten.

Ist Ihr Nachbar dauernd besoffen, taufen Sie Ihren Hund „Alki". Schon können Sie Ihren Nachbarn ungestraft beleidigen.

Ist Ihr Nachbar Politiker, rufen Sie Ihren Hund „Lügner".

Der Nachbar meines Freundes ist Heimwerker. Mein Freund ruft seinen Hund „Dilettant".

Meine Nachbarin hingegen ist eine sehr fesche, sexy Frau und dank meines Hundes kann ich ihr endlich ein Kompliment machen, ohne von ihrem Mann dafür verprügelt zu werden.

Mein Hund heißt „Zuckerschnitte"....

Hunde-Kommandos

Wie bringt man einen Hund dazu, das zu tun, was man von ihm möchte?

Man gibt ihm kurze Kommandos. Dann sollte es klappen.

Die Auslegung, was ein kurzes Kommando ist, ist jedoch geschlechtsspezifisch stark unterschiedlich.

Bei Männern lauten die kurzen Kommandos zum Beispiel so:

– für's Stehenbleiben: „**STOPP!**"
– für's Sitzen: „**SITZ!**"
– für's Kommen: „**KOMM!**"
– für's Bringen: „**BRING!**"

Bei Frauen lauten die kurzen Kommandos völlig anders:

– für's Stehenbleiben:

„Bleibstehendakommteinautoundwennstnet gleichstehenbleibstdannführtunsdasautozusa mmenundwirsindbeidetotdannhatdasherrlike inhundiundkeinfrauerlmehr!"

- für's Sitzen:

„Sitzwirstdusitzenwennichsagesitzwennduni
chtfolgstdannbekommstduheutekeinleckerli
mehrunddannwirstdusichertraurigseinabervi
elleichtfolgstdudannwennichsagesitz!"

- für's Kommen:

„Kommhabeichgesagtwiesofolgstdennschon
wiedernichtduluderdudubisteinböseshundidu
musstfrauerlfolgenwennsiewassagtsiesagtda
sjanichtumsonstalsokommjetzt!"

- für's Bringen:

„Kommbringmirdasballikommbringmirdasbal
lihabeichgesagtseinichtsofaulesreichtwennd
asherrlisofaulistmusstnichtduesauchnochsei
nalsoseibravundbringmirendlichdasballi!"

Der Hund hingegen hat für den Menschen
nur ein Kommando: Seinen treuherzigen
Blick, der sagt:

„Menschdukannstmirsagenwasduwillstichma
chesowiesowasichmöchteunddieleckerlikrieg
eichtrotzdemweilmeinemblickniemandwider
stehenkanndasherrlinichtunddasfrauerlauch
nichtalsosparteuchdastheatermitdenkomma
ndos!"

Hoch die Fähnchen!

Preisfrage: Wenn menschliche Lebewesen kleine Fähnchen aus Papier heftig in der Hand schwingen, was ist dann passiert?

Sie feiern einen Kindergeburtstag?

Oma ist 100 Jahre alt geworden?

Ein neues Schiff läuft vom Stapel?

Nein, nein, nein....weit gefehlt!

Es haben Wahlen stattgefunden und das Fernsehen bringt Berichte von den einzelnen Parteizentralen.

In jeder Parteizentrale stehen eine Menge erwachsener Menschen mit kleinen Fähnchen in der Hand....und sobald die Kamera läuft, beginnen diese wie eine Horde Ausbrecher aus einer Grenzdebilenanstalt mit den Fähnchen zu winken, begleitet von einem dämlichen Grinsen, das sogar zufällig fernsehzuschauenden 3-jährigen Kindern die Gänsehaut auf den Körper treibt.

So peinlich gebärden sich nicht einmal kleinste Kleinkinder und die hätten als Kinder das Recht dazu!

Erwachsene Frauen und Männer, 20, 30, 40, 50, 60 Jahre alt und älter stehen vor der

Kamera und schwingen kleine Papierfähnchen. Oder Plastikfähnchen.

Egal, welches Material, es sieht immer beschissen aus!

Egal, wie die Wahl ausgegangen ist und wie viele Stimmen und Mandate eine Partei auch verloren hat, die Fähnchen werden immer dämlich grinsend geschwenkt, als ginge es darum, den „Sigmund Freud-Gedenkpreis" zu gewinnen.

Bedenken Sie mal: Das sind die Leute, die eine Partei vertreten!

Das sind Leute, von denen die eine oder andere Person vielleicht sogar mal in eine Landes-oder Bundesregierung aufsteigt und das Volk vertreten soll.

Und solche Leute soll man dann wählen?

Dämlich grinsende, fähnchenschwingende, Menschen werden dann Minister, Bundeskanzler oder Bundespräsident?

Dämlich grinsende, fähnchenschwingende Minister, Bundeskanzler oder Bundespräsidenten machen dann Weltpolitik?

Die stehen dann vor dem Präsidenten der USA oder von Russland....die Welt wird von einem Krieg nach dem anderen heimgesucht, täglich passiert irgendwo ein Terroranschlag und was macht der Minister?

Der schwingt dämlich grinsend ein Fähnchen!

Gut. Wenn das Vorbildwirkung hätte, dann wäre das okay.

Mir wäre ein fähnchenschwingender Terrorist millionenmal lieber als ein Terrorist, der unschuldige Menschen erschießt oder in die Luft jagt.

Mir wäre ein fähnchenschwingender Diktator millionenmal lieber als ein Diktator, der Tausende Menschen foltern lässt.

Mir wäre eine Fähnchenfabrik millionenmal lieber als eine Waffenfabrik.

Vielleicht tue ich den dämlich grinsenden Fähnchenschwingern auch unrecht.

Vielleicht sind gerade die jene Leute, die die Welt retten?

Wie schön wäre doch eine Welt, in der alle nur grinsende ihre Fähnchen schwingen anstatt sich gegenseitig zu bekriegen!

Die Präsidenten von Amerika und Russland treffen sich mit dem Machthaber aus China zum gemeinsamen Fähnchenschwingen.

Terroristen werfen ihre Waffen, Granaten und Sprengstoffgürtel weg und winken mit von internationalen Fähnchendealern geschmuggelten Fähnchen der westlichen und ungläubigen Welt zu.

IS heißt dann „Ich schwenke!"

Im Europaparlament winken sich die Abgeordneten den ganzen Tag lang mit Fähnchen zu.

Wäre doch schön, oder?

Dann würden die Europaparlamentarier endlich einmal auch etwas Sinnvolles tun.

Okay. Sehen wir es also so, dass diese fähnchenschwingenden Dauergrinser Vorbildwirkung auf die Welt ausüben wollen.

Sehen wir es einfach so. Dann wäre dieses Schmierentheater ja noch zu ertragen.

Aber leider entspricht dies nicht der Realität, wie wir Wähler ja aus Erfahrung wissen.

Es sind hier keine blitzgescheiten Vorbildmenschen am Werk, sondern leider nur dauerblödgrinsende Parteidomestiken, die nicht wirklich wissen, was sie tun.

Und das behalten sie dann im Falle einer politischen Karriere auch bei.

Das ist das Schlimme.

Sie ärgert das auch?

Machen Sie sich nichts daraus.

Schwingen Sie ein buntes Fähnchen und grinsen Sie sich diese Parteidomestiken einfach weg.

Der Wiener Nobel-und Bonzenbezirk „Grinzing" ist denke ich nur ein Schreibfehler.

Richtig heißt das sicher „Grinsing".

Die Magie der Werbefahrten

Wenn Sie irgendwann einmal jemanden beweisen möchten, dass der Mensch absolut nicht lernfähig ist, dann helfe ich Ihnen garantiert mit diesem Thema: Werbefahrten!

Oder wie man sie in Deutschland liebevoll nennt: Kaffeefahrten!

Mit bunten Prospekten, gratis Mittagessen und verlockenden Geschenkeversprechen werden meist Rentnerinnen und Rentner zur Teilnahme der ach so wunderschönen Autobusfahrt mit lauter sensationellen Überraschungen, die es natürlich nur diesmal gibt, ins Grüne oder Blaue verführt.

Die Autobusfahrt ins Grüne endet dann meist bald irgendwo in einem abgelegen, grün gestrichenen Landgasthof ohne Fluchtmöglichkeiten.

Bei Fahrten ins Blaue sind diese Landgasthöfe blau gestrichen.

Sobald alle Teilnehmer im großen Wirtshaussaal Platz genommen haben und auf das versprochene Gratis-Mittagessen und die versprochenen Geschenke warten, kommen redegewandte Verkäufer, die den Rentnerinnen und Rentner sensationelle Produkte zu noch sensationelleren Preisen anbieten.

Heizdecken im Werte von € 50.- zum einmaligen Sonderpreis von nur € 400.-

Oder 65-teilige Töpfe-Sets aus China, garantiert frei von Edelstahl im Werte von € 30.- zum Sensationspreis von nur € 550.-

Wer gekauft hat, bekommt dann sein Gratis-Mittagessen.

Je schneller man kauft, umso wärmer ist noch das Essen, meist eine zusammengeklappte Panier mit einem papierdünnen Hauch von Fleisch mittendrin....mit Salat, weil der steht schon seit 3 Tagen und muss weg.

Wer nicht kauft, muss hungern und dem wird zur Strafe auch noch die Toilette vor der Nase zugesperrt, um ihm Gelegenheit zu gegen, nochmals über die Supersonderangebote nachzudenken.

Gepeinigt von Hunger und Blasendruck entschließen sich dann auch noch die letzten zum freiwilligen Kauf.

Der Wagen mit den versprochenen Geschenken ist (wie immer) auf der Fahrt zum Landgasthof liegengeblieben, also können die Geschenke heute leider nicht verteilt werden.

Diese Werbe-und Kaffeefahrten sind seit

Jahrzehnten die bestfunktionierenden Umverteilungsaktionen.

Die Veranstalter fahren mit gefüllten Brieftaschen nach Hause, die Rentnerinnen und Rentner mit leeren.

Zwei Stunden vorher war es noch genau umgekehrt.

Diese Werbe-und Kaffeefahrten beweisen am eindrucksvollsten, dass der Mensch absolut nicht lernfähig ist!

Denn diese abzockenden Werbe-und Kaffeefahrten gibt es schon seit mindestens 5 Jahrzehnten und seit ebenso langer Zeit sind die Busse immer voll.

Seit über 5 Jahrzehnten werden meist ältere Leute dabei über den Tisch gezogen und nach Strich und Faden beschissen.

Seit über 5 Jahrzehnten weiß man das und seit über 5 Jahrzehnten wird regelmäßig vor der Teilnahme an solchen Werbe-und Kaffeefahrten gewarnt und was gibt es heute trotzdem noch immer?

Richtig!

Werbe-und Kaffeefahrten....und die Rentnerinnen und Rentner sind nach wie vor dabei!

Am Samstag fahren sie mit dem Bus ins Grüne oder Blaue und am Montag mit der Straßenbahn zum Konsumentenschutz.

Ohne diese Werbe-und Kaffeefahrten müssten bei den Konsumentenschutzorganisationen jede Menge Leute entlassen werden und ich glaube sogar, dass der Konsumentenschutz überhaupt erst auf Grund der Werbe- und Kaffeefahrten gegründet wurde.

So gesehen, haben die Werbe-und Kaffeefahrten viele Arbeitsplätze geschaffen.

Arbeitsplätze für Autobusunternehmer, Autobuschauffeure, skrupellose Verkäufer und Konsumentenschützer.

Werbe-und Kaffeefahrten sind also etwas Besonderes und vielleicht erklärt sich daraus auch die besondere Magie dieser Veranstaltungen.

Werbe-und Kaffeefahrten besitzen eine Magie, die bei älteren Menschen jegliche Denkfähigkeit ausschaltet.

Sobald die bunten Prospekte im Türschlitz auftauchen, verfallen Rentnerinnen und Rentner in einen Trancezustand, packen Geld und Kukident in ihre Handtäschchen und stellen sich zeitgerecht zur angegebenen Zusteigestelle.

Es gibt aber auch Rentnerinnen und Rentner, die sich nie beschissen fühlen.

Im Gegenteil, für diese Menschen sind Werbe-und Kaffeefahrten zum Lebensinhalt geworden.

Wie für meine Tante Trude, die auch zu dieser Spezies zählt.

Stolz hat sie mir letztens ihr 85-teiliges Kaffee-Service zum Aktionspreis von nur € 1.750.- gezeigt.

Ganz schön viele Kaffeehäferl für jemanden, der alleine lebt.

Na gut, wenn sie jeden Tag ein anderes Häferl nimmt, braucht sie geschätzt nur alle 2 Monate mal abwaschen.

Das hat schon was.

Dennoch erlaubte ich mir die kurze Frage: „Tante Trude, für was brauchst du als alleinstehende Dame ein 85-teiliges Kaffeeservice?"

Ihre Antwort: „Wenn mal Besuch kommt."

Tante Trude lebt in einer 35m2-Garconniere, wie soll da ein Besuch Platz haben, für den man ein 85-teiliges Kaffeeservice braucht?

Darauf angesprochen, verteidigte Tante Trude ihren Beschiss-Kauf mit einem weiteren Argument: „Es ist auch eine Wertanlage für später!"

Wertanlage für später?

Das nennt man Optimismus. Tante Trude ist 92!

„Wenn ich mal sterbe, gehört das alles dir. Es ist echtes chinesisches Porzellan!"

Echt chinesisch ja, Porzellan sicher nicht.

Das glaubt nicht einmal ein Chinese selbst, auch nicht nach 5 Flaschen Pflaumenwein.

„Außerdem passt es wunderbar zu meinem 122-teiligen Töpfe-Set, das ich bei der letzten Werbefahrt gekauft habe."

Was soll man da noch sagen?

Ihre Freundin, mit der sie immer an diesen Werbe-und Kaffeefahrten teilnimmt, hat sich letztens eine tolle Heizdecke im Werte von € 30.- um nur € 725.- gekauft.

Obwohl sie in einer gut beheizten Wohnung mit 28 Grad Durchschnittstemperatur lebt.

Zu was braucht jemand, der in einer wohlig beheizten Wohnung lebt, eine Heizdecke?

Vielleicht zum Spiegeleier braten, weil man noch kein 95-teiliges Pfannen-Set hat?

Dieses Set gibt es erst bei der nächsten Werbe-und Kaffeefahrt.

Natürlich zum Supersonderextrapreis von nur € 1870.-

Das wäre doch auch etwas für Sie, oder?

Ich fahre auch mit.

Wir sehen uns also nächsten Montag beim Konsumentenschutz!

Bis bald!

Heavy Metal Mädel

Herr X. (der Name wurde aus Datenschutzgründen geändert), in Wahrheit heißt er Herr Y. wusste, dass der Tag einmal kommen würde.

Der Tag, an dem sein Sohn seine erste Freundin ins Haus bringt.

Gestern war es so weit....und ich schlüpfe für die Erzählung in die Person des Herrn X.

Die Türe ging auf....und da sah ich sie zum ersten Mal: Die erste Freundin meines Sohnes.

Sie kam, ich sah....und hatte sofort Mitleid. So eine geschundene Kreatur hatte ich noch nie vorher gesehen.

„Willkommen in unserem Hause. Sie müssen ja Fürchterliches mitgemacht haben. Wie haben Sie den Anschlag überlebt?"

„Welchen Anschlag? Von was reden Sie?"

„Sie sind die erste Person, der ich begegne, welche die Explosion einer Handgranate in unmittelbarer Nähe überlebt hat."

„Handgranate? Ich weiß immer noch nicht, wovon Sie reden."

„Die vielen Metallsplitter, die sich in Ihr Gesicht gebohrt haben, die stammen doch von einer Handgranate?"

„Mann, wo leben Sie? Das sind Piercings!"

„Und die schwarzen Brandflecken?"

„Das sind Tattoos. Das trägt man heute so."

„Sie meinen, Sie haben noch Geld dafür bezahlt, um Ihr Gesicht zu entstellen?"

„Sehr viel Geld. Das ist Mode. Das ist Lifestyle!"

Dummheit ist also heute Lifestyle. Das ist ja noch dümmer als Rauchen, wo die Menschen viel Geld dafür bezahlen, um Ihre Gesundheit zu ruinieren. Aber das sagte ich nicht.

Ich wollte ein höflicher Hoffentlich-Niemals-Schwiegervater sein.

So wechselten wir das Thema und schwiegen über das und jenes, wobei ich ihren Lifestyle genauer unter die Lupe nahm.

In beiden Augenbrauen steckten kleine Kugeln mit kleinen Kettchen dran. Oberhalb der Nasenwurzel war ein Ring durchgezogen, die Oberlippe wurde wieder von mehreren kleinen Kugeln geziert, während sich in der Unterlippe unzählige quadratische Metallstückchen breit machten.

Ich hätte schwören können, dass der erste Freund, den dieses Mädchen geküsst hat, eine Handgranate war.

In beiden Ohrläppchen hausten übrigens zwei überdimensionale Fledermäuse, die über die üppige Gesichtsverstümmelung wachten.

Aber das Grauen ging weiter.

Meine Frau (ich bin ja für diese Story Herr X., nicht Herr W.) rief den in den letzten 30 Jahren von mir gefürchtetsten Satz:

„Essen ist fertig!!"

Diesmal waren es misslungene Rindsrouladen, die als Überlebenstraining serviert wurden.

Auch die Freundin meines Sohnes erschrak und rief: „Was ist denn das da?"

Man muss ihr zugute halten, dass sie zum ersten Mal in diesem Hause war, sonst wäre sie den Anblick schon gewöhnt gewesen, so wie ich.

Ich ergriff das Wort.

„Liebe Annette-Julienne (so der Name der

metallgepflasterten Freundin meines Sohnes, Nachname Dimpflmoser), das sind Rindsrouladen!

„Die sehen ja furchtbar aus", rief sie noch immer im Schreckmodus.

„Das sind Lifestyle-Rindsrouladen. Das isst man heute so. Das ist Mode. Die Zahnstocher sind die Piercings!"

„Aber die Rouladen sind doch total angebrannt".

„Nein Annette-Julienne, das sind Tattoos."

Zum ersten Mal huschte ein Lächeln über ihr hoffentlich rostfrei metallbestücktes Gesicht.

„Rindsrouladen mit Piercings und Tattoos. Voll cool!"

Beim Essen entdeckte ich bei ihr noch zwei Kugeln in der Zunge. Ich tippte immer noch auf Handgranate.

„Das Essen war voll krass, Alter".

So geehrt servierte ich höchstpersönlich den Nachtisch. Schokoladekuchen, ebenfalls im Tattoo-Look, also etwas angebrannt.

„Schokolade auch mit Tattoos. Total abgefahren bei euch!"

Das nennt man win-win-Situation.

Ihr hat es geschmeckt und wir sind die schimmelige Schokolade los, die wir uns innerhalb der Verwandtschaft schon seit über 20 Jahren untereinander weitergeschenkt haben.

Auch dieser Abend ging Gott sei dank zu Ende.

Besorgt warnte ich bei der Verabschiedung meine hoffentlich zukünftige Ex-Schwiegertochter noch vor dem Magnetkran beim Schrotthändler in der Nebengasse.

Es würde doch auf uns zurückfallen, wenn unser Besuch mit dem Gesicht hilflos am Kran hängt.

Wenn sie das nächste Mal zu uns kommt, werde **ich** kochen: Spaghetti...extralang.

Bin einfach neugierig, wie man mit zwei Kugeln in der Zunge Spaghetti isst.

Aber vielleicht hat sich ja auch noch einen Kamm am Gaumen.

So genau habe ich das nicht gesehen.....

Trendsetter & Co

Es kann gar nichts so schwachsinnig sein, als dass es nicht nachgemacht wird.

Und wenn es besonders viele Schwachsinnige gibt, die etwas nachäffen, dann nennt man das „Trend".

Da erfindet zum Beispiel irgendein jemand auf Facebook eine „Ice Bucket Challenge", wo man Menschen auffordert, sich einen Kübel Eiswasser über den Schädel zu schütten, tarnt das Ganze als Spendenaktion und lacht sich dann schief und krumm, wie viele Schwachsinnig es gibt, die das tatsächlich machen.

Sie stellen sich dann irgendwo hin, schütten sich wirklich einen Kübel mit Eiswasser über den Kopf und fühlen sich dabei noch irrsinnig trendy.

Ich habe bei diesen Menschen zwar nicht die geringste Sorge, dass der Kübel Eiswasser im Kopf irgendeinen Schaden anrichten könnte (der muss schon weit vorher passiert sein), ich mache mir aber Sorgen um die Zukunft.

Was wird den Menschen noch alles einfallen?

„Planking" war auch so ein toller Trend. Man legte sich einfach stocksteif und bewegungslos irgendwo hin und ließ sich dabei fotografieren.

Planking, liebe Leute, hat mein Großvater schon vor über 50 Jahren erfunden. Der lag nach seiner Pensionierung wochenlang bewegungslos auf seiner Couch und sah fern. Dennoch war mein Großvater nicht der erste, der „Planking" machte.

Auf der Pathologie gibt es „Planking" schon seit es die Pathologie gibt.

Neuester Trend sind „eingefrorene Bilder".

Leute verharren in irgendeiner Bewegung und fotografieren sich dann via Selfie.

Auch Politiker machen da mit.

Sie verharren lange in ein und derselben Position, meist ist es irgendeine Schlafhaltung.

Das wird aber meist nicht per Handy fotografiert, sondern sogar live im Fernsehen übertragen.

Das nennt man dann Parlamentssitzung.

Bei den Trends gilt offenbar das selbe Motto wie im Alltag: Nur nicht zu viel bewegen!

Ein ganz anderer Trend aus den USA findet bei uns von Jahr zu Jahr immer mehr Nachahmer.

Ich weiß nicht genau, wie sich dieser Trend genau nennt, ich nenne es mal „Weihnachtshausnachäffing".

Man dekoriert Haus und Garten mit Tausenden Metern Weihnachtsbeleuchtung, Sternen, Schneeflocken, Weihnachtsmännern, Rentieren, Kutschen und anderen Kitschelementen, bis Haus und Garten strahlen wie ein Atomkraftwerk im Super-GAU.

Und wenn es der Nachbar hat, habe ich es nächstes Jahr auch.

Und wenn der Nachbar 500 Meter Kabel verlegt, dann verlege ich 700 Meter.

Und wenn der Nachbar 10 Lichterhirschen hat, dann habe ich nächstes Jahr 15.

Das nennt man dann Weihnachtsstimmung.

Ich nenne es krankhafte Angeberei von unheilbar geltungssüchtigen Hausbesitzern, die offenbar zu viel Geld haben und das Wort Energieverschwendung noch nie gehört haben.

Das ist keine Weihnachtsstimmung, das ist ein erbitterter Weihnachtslichterwettbewerb, bei dem jeder gewinnen möchte und dennoch alle verlieren, nämlich meinen Respekt.

Ein Glühwein mit meiner Frau vor einem

einfachen Adventkranz, auf dem „armselige" Kerzerl brennen, hat tausend Mal mehr Weihnachtsstimmung, wie die ganze Lichterprotzerei rundum.

Vielleicht werde ich auch einmal einen Trend ausrufen und mich dann köstlich amüsieren, wenn es Tausende Intelligenzresistente nachmachen.

Wie wärs mit „Aftering"?

Man steckt seinen Finger in den Arsch und stellt dann ein Foto davon auf Facebook.

Könnte lustig werden, oder?

Alles Nazi oder was?

Geht sie Ihnen auch schon auf den Wecker, diese ewige „Nazi-Schreierei", wenn irgendjemandem irgendetwas nicht passt?

Vor allem auf politischer Ebene und vor allem von Sozialromantikern wird das Wort „Nazi" am öftesten missbraucht.

Du wählst mal was Anderes?

Nazi!!

Du bist nicht meiner Meinung?

Nazi!!

Du machst Dir wegen des Migrantenstromes Sorgen?

Nazi!!

Dir liegt das Wohl Deiner Heimat und die Zukunft deiner Kinder am Herzen?

Nazi!!

Ich glaube, viele wissen gar nicht, was ein „Nazi" wirklich ist, sondern benützen den Ausdruck „Nazi" einfach als Schimpfwort, so wie „Depp" oder „Trottel".

Jeder, der einem einem missfällt, ist ein Nazi.

Der nimmt mir meinen Parkplatz weg, Scheibe runter, Stinkefinger hinaus und einmal laut „Nazi" geschrien.

Wenn der Hund nicht folgt, Zeigefinger hoch und einmal laut „Nazi" geschrien.

Der drängt sich in der Warteschlange vor, einmal kurz in den Nacken gespuckt und „Nazi" geschrien.

„Nazi" ist zu einem generellen Schimpfwort geworden, das einfach immer und überall passt, wenn ich jemanden beschimpfen möchte.

Und es ist das Lieblingswort grüner Politiker und Übergutmenschen, die sich damit selbst einen Heiligenschein verpassen möchten.

Dass „Nazi" für viele Menschen zum Lieblingsschimpfwort geworden ist, liegt vielleicht auch daran, dass „Nazi" nur 4 Buchstaben hat.

So ein kurzes Wort ist einfach schneller ausgesprochen, als der Kopf denken kann....

Die Katastrophskis

Kennen Sie auch Menschen, für die alles, was nicht glatt geht, eine Katastrophe ist?

Die Schuhe gibt es nicht mehr in Größe 38?

Katastrophe!!

Ich bekomme keine Karten für das Helene Fischer-Konzert mehr?

Katastrophe!!

Wenn der oder der Bundespräsident wird....

Katastrophe!!

Mir scheint, die „Katastrophskis", die bei jeder Kleinigkeit sofort mit Schreckensvoraussagen bei der Hand sind, werden immer mehr.

Nicht einmal Oscar-Preisträger sind davor gefeit.

So bezeichnete unser Christoph Waltz die Wahl von Donald Trump sofort als „Desaster" und „brunzdummen Irrsin".

Schneller als Donald Trump überhaupt etwas Böses tun hätte können.

Trump-Befürworter hingegen sagten bei einem Wahlsieg von Hillary Clinton überhaupt gleich einen 3. Weltkrieg voraus.

Da hat man ja in den USA eine Superwahl gehabt, die Wahl zwischen „totalem Desaster" und drittem Weltkrieg.

Man hätte die Wahl zum US-Präsidenten absagen und einen Interimspräsidenten einsetzen müssen:

Dagobert statt Donald.

Dagobert Duck!

Der würde weder ein Desaster verursachen, noch einen 3. Weltkrieg anzetteln, denn beides würde Geld kosten und dazu ist er zu geizig.

Katastrophskis findet man überall und bei jedem Anlaß.

Dieser Schauspieler, diese Inszenierung

Katastrophe!!

Diese Frisur, diese Mode.

Katastrophe!!

Dieses Essen, dieser Wein.

Katastrophe!!

Alles, was nicht punktgenau in die Vorstellungen oder Erwartungen dieser Menschen passt, wird sofort zur Katastrophe.

Diese Leute erinnern mich an meine Großmutter, die bei jedem Gewitterblitz durch die Wohnung gesaust ist und geschrien hat „Wir brennen ab, wir brennen ab."

Das Wohnhaus steht heute noch.

Wenn Sie also auch solche positiv denkenden Menschen in Ihrer Umgebung haben, für die alles und jenes eine „Katastrophe" ist, dann gebe ich Ihnen einen guten Tipp:

Meiden Sie solche Menschen.

Solche Menschen sind eine Katastrophe!

PINKEL-PAUSE!

Ich habe Ihnen auf der Titelseite versprochen, dass dies weltweit **das einzige Buch mit Pinkel-Pause** ist...und was ich verspreche, halte ich auch:

Jetzt ist Pinkel-Pause!

Wie der Name schon sagt, können Sie jetzt entweder pinkeln gehen oder ausnahmsweise auch einen kleinen Imbiss zu sich nehmen.

Aber passen Sie bitte auf, dass Sie mir keine Fettfinger in mein Buch machen, ja?

Denn das wäre eine Katastrophe.

Kapselmania

Eine alte Weisheit lautet: „Gegen alles ist ein Kräutlein gewachsen".

Eine neue Weisheit lautet: „Gegen alles gibt es ein Käpselchen".

Speziell wenn man älter wird und sich nach der 37. Kreuzfahrt müde und ausgelaugt fühlt, wird es zur Gewissheit: Ich brauche Nahrungsergänzungen.

Der Schweinsbraten, die Knödel, die Sachertorte, das Schnitzel, die Stelze, die Käsewurst und das Bier mit Schnapserl reicht nicht mehr aus, um mich umfassend zu ernähren.

Man braucht Nahrungsergänzungen, am besten in Kapselform, das ist praktisch für unterwegs.

Kapseln kann man immer mühelos einnehmen: zu Hause, im Kaffeehaus, im Reisebus, auf dem Kreuzfahrtschiff, im Wartezimmer des Arztes, im Gasthaus, im Konzert, beim Kartenspielen, auf der Tragbahre im Rettungsauto, auf dem Sportplatz und wo man halt so hinkommt.

Gesundheitsbewusste Menschen legen also größten Wert auf entsprechende Nahrungsergänzungsmittel....und der Ernährungsalltag sieht dann in etwa so aus:

Zum Frühstück eine Vitaminkapsel, dazu eine Kapsel Arginin für die Blutgefäße, eine Knoblauchkapsel zur Blutdruckregulierung, eine Magnesiumkapsel für Muskel und Herz, eine Lecithinkapsel für das Gehirn, damit man nicht vergisst, seine Kapseln einzunehmen, Q10-Kapseln für das Anti-Aging, eine Blasenkapsel, damit die Hose trocken bleibt und eine Chlorophyll-Kapsel, damit mehr Sauerstoff in den Körper kommt und man beim Aufstehen vom Frühstückstisch nicht gleich ins Schnaufen kommt.

Das Müsli und das Vollkornbrot bleiben leider auf der Strecke, man ist schon von den Kapseln gesättigt.

Mittagessen. Nach Suppe und Hauptspeise kommt das Kapsel-Dessert: Eine Lysinkapsel, um den Fluchtversuch seines Bindegewebes an den Oberschenkeln zu vereiteln, eine Omega 3-Kapsel für das Herzerl, eine Kieselerde-Kapsel für Haut und Resthaare, eine Rotes-Weinlaub-Kapsel, weil die Beine vom Shoppen müde sind, eine Glucosaminkapsel zur Stärkung der Knieknorpel, damit man anschließend möglichst schmerzfrei noch zum Kuchenbuffet kommt, eine Luteinkapsel für die Augen, damit man die Mehlspeisen noch scharf erkennt, eine Kürbiskernkapsel für die Prostata (Frauen nehmen eine Frauenkapsel gegen Wechselbeschwerden und zur Bruststraffung), und eine Entwässerungskapsel, damit die Rückstände der Kapselsubstanzen schneller wieder das Tageslicht erblicken.

Zum Nachmittagskaffee mit Kuchen gibt es eine Kapsel zur Entsäuerung des Magens, eine Ginsengkapsel, denn man weiß ja nie, wen man noch begegnet, eine Ginkgokapsel, damit die Durchblutung zwischen den Mehlspeisen aktiv bleibt, eine Sanddornkapsel als Vitaminspender und fürs Herzerl.

Mit dem Abendessen erreicht auch die tägliche Kapselmania ihren Höhepunkt: Eine Heilerdekapsel für die tagsüber fressstrapazierte Verdauung, eine Eisenkapsel gegen möglichen Eisenmangel, eine Folsäurekapsel für Zellen und Blutdruck, eine Carotinkapsel als vorbeugender Sonnenschutz für die nächste Kreuzfahrt, eine Artischockenkapsel zur besseren Fettverdauung, eine Kalziumkapsel zur Verhinderung von Osteoporose, eine Cranberrykapsel als Vitaminschub und eine Brennesselkapsel zur Entschlackung aller Kapselreste.

Das Kapsel-Sahnehäubchen ist dann die tägliche Baldriankapsel für erholsamen Schlaf.

Angeblich sind schon Projekte von „Kapsel-

Drive-Inns" in Arbeit, wo man dann, wie von McDonalds gewohnt, mit dem Auto zu einem Schalter fährt, zwischen verschiedenen Kapsel-Menüs wählen kann und diese dann direkt ins Autofenster gereicht bekommt.

„Welche Soße dazu? Hagebutten-Kresse, Heilerde-Soja oder Kamille-Brennessel?"

An diese Frage werden Sie sich dann gewöhnen müssen.

Ich hätte gerne mit meinem Apotheker über die Zusammenstellung der richtigen Kapseln für meinen Tagesbedarf gesprochen, aber der ist leider nicht mehr erreichbar.

Er hat sich auf seine Villa in der Karibik zurückgezogen und auf seiner 30m-Luxus-Yacht hat er leider keinen Handyempfang.

Aber vielleicht werde ich eines Tages auch Hersteller von irgendwelchen unbedingt lebensnotwendigen Zusatzernährungskapseln, dann sehe ich ihn garantiert wieder – als Nachbar im Yachthafen.

Weltsprache WhatsApp

Sie lernen gerade Englisch und plagen sich mit neuen Vokabeln?

Sie lernen gerade Französisch und ärgern sich mit der blöden Grammatik?

Sie lernen gerade Russisch und das kommt Ihnen Spanisch vor?

Vergessen Sie alles!

Vokabeln, Grammatik, Satzstellungen und dergleichen sind Vergangenheit!

Die neue Weltsprache heißt WhatsApp!

Man verständigt sich nicht mehr mit Worten, sondern mit Symbolen und Emojis.

Das ist einfach. Das ist modern. Das ist international.

Und jeder Depp begreift es.

Sprachen lernen in 0 Sekunden.

Ist etwas okay, dann schickt man die Hand mit Daumen oben.

Freut man sich, schickt man einen Smiley.

Ist man traurig, einen weinenden Smiley

(der dann eigentlich kein Smiley mehr ist).

Ist man wütend, schickt man einen zornigen Smiley, dem es aus den Ohrwascheln raucht.

Gratuliert man jemanden zum Geburtstag, dann whatsAppt man eine Torte, ein Sektglas und ein symbolisiertes Brathenderl.

Und so gibt es für alle Emotionen, Anlässe und Mitteilungen Symbole.

Symbole als gemeinsame Sprache.

Man entwickelt sich wieder zu den Urmenschen, die nur mit Gesten kommunizierten.

Und mit Grunzlauten. Das war die Vorstufe zu WhatsApp.

Es ist nur mehr eine Frage der Zeit, bis man sich im gesamten Alltagsablauf mit WhatsApp-Symbolen verständigt.

Ich möchte z.B. von meiner Werkstatt wissen, wie viel an meinem PKW die Auspuffreparatur kostet.

Also sende ich der Werkstatt ein symbolisiertes Auto (=mein PKW), ein Arsch-Symbol (=Auspuff) und ein Fragezeichen.

Genial einfach, oder?

Die Werkstatt antwortet ebenfalls mit einem Arsch-Symbol (= Auspuff), dazu einen Rollator-Symbol (= Auspuff ist schon alt) und ein Sarg-Symbol (= Auspuff ist hinüber). Dazu ein symbolisiertes Baby und ein Arsch-Symbol (= neuer Auspuff), die Zahl 500 und ein Ei. Das heißt, der neue Auspuff kostet 500 Eier.

Herrlich, oder?

Der Mann kommt nach Hause, hat Hunger und möchte etwas essen.

Er symbolisiert seiner Frau einen Löwen (= Hunger) und dazu eine Bratpfanne (= brauche Essen).

Seine Frau symbolisiert zurück: Einen Kühlschrank, einen E-Herd, eine Schürze und einen Autoreifen.

Übersetzt: Mach Dir selbst etwas, Du Vollgummi!

Der Mann symbolisiert ihr einen Ehering und ein Holzbeil (= Scheidung).

Die Frau schickt ihm daraufhin eine Null und ein symbolisiertes Präservativ, übersetzt „dann gibt es keinen Sex mehr".

Der Mann antwortet mit einem symbolisierten Präservativ, einem Hakerl-Symbol und einem Schreibtisch (= Sex hatte ich schon im Büro).

Toll diese Symbol-Kommunikation, oder?

Angenommen, Sie haben Streit mit ihren Nachbarn.

Sie schicken ihm einen Stinkefinger, ein Arsch-Symbol und eine Zunge.

Das brauche ich glaube ich nicht zu übersetzen.

Der Nachbar antwortet mit einem Trampolin, einem Haus, einem Rollator, einem rauchenden Arschsymbol und einer Trommel.

Übersetzt: Hau Dich über die Häuser, du alte Schaßtrommel.

Da eröffnen sich völlig neue Dimension in der Kreativität, sowohl in der Gestaltung der Symbole , als auch in deren Zusammenstellung.

Ich bin von der Weltsprache WhatsApp total begeistert.

Ich versetze mich nun in die Rolle einer Sekretärin und schicke meinem Chef folgendes: Gefaltete Hände, ein Flugzeug, eine Palme und ein Cocktailglas (= Bitte um Urlaub).

Mein Chef hat geantwortet mit einem Daumen nach unten, einem Aktenordner und einer Uhr).

Übersetzung: Urlaub abgelehnt, es wird gearbeitet und zwar mit Überstunden.

Ich symbolisiere zurück: Einen gähnenden Mund und ein Bett (= Bin müde und brauche ein Bett).

Er symbolisierte zurück: Einen gekrümmten Finger, ein Bett, ein Flugzeug, eine Palme und ein Cocktailglas.

Übersetzung: Komm in mein Bett, dann bekommst du Urlaub.

Ich antwortete mit einer Knoblauchpresse, einer Krücke, einem Staubsauger und einem Schweinderl.

Übersetzung: Ich lasse mich nicht erpressen, du alte Drecksau.

Seine Antwort: Ein offener Kamin.

Übersetzung: Du bist gefeuert!

Meine Antwort: Eine Mortadella, ein Sandlerhut und eine durchgestrichene Amsel.

Übersetzung: Mir wurst, lieber arbeitslos als

mit dir vögeln.

Die Symbolsprache trifft alles auf den Punkt.

Mit WhatsApp haben alle Menschen dieser Welt eine gemeinsame Muttersprache.

Soeben habe ich ein WhatsApp vom Haus nebenan erhalten: Einen Hund, eine Türe, einen Hundehaufen und ein Blaulicht.

Übersetzung: Wenn dein Hund nochmals vor meine Türe scheißt, dann hole ich die Polizei.

Meine Antwort: Ein Streifenwagen, abwehrende Hände und ein durchgestrichenes Schauferl.

Übersetzung: Die Polizei wird es auch nicht wegputzen.

Zum Abschluss noch ein einfacher Test, ob Sie alles verstanden haben.

Was bedeuten die Symbole „gestapeltes Geschirr" und „leerer Kühlschrank"?

(Richtige Antwort: Die Verwandten waren da).

Was bedeuten die Symbole „vernagelte Türe"und „Pistole"?

(Richtige Antwort: Die Schwiegermutter kommt).

Was bedeuten die Symbole „Briefmarke" und „Slip"?

(Richtige Antwort: Der Briefträger war da).

Weitere Klischees müssen Sie sich selbst symbolisieren.

Ich liebe WhatsApp. Das ist mein Sprache.

Mein nächstes Buch erscheint nur mehr in Symbolen!!

Awards für alle!

Es vergeht kein Tag, an dem nicht irgendwo an irgendwem ein Preis, ein „Award" verliehen wird.

Oscar, Romy, Amadeus, Bambi, Goldene Palme, Goldener Löwe, Emmy und Laureus sind die bekanntesten davon.

Das ist aber nur die Spitze des Award-Eisberges.

Es gibt Tausende andere Awards.

Einen World Ski Award (damit man weiß, in welchem Skigebiet man am meisten ausgenommen wird), einen Bio-Award (damit man weiß, welcher Biobauer die dicksten Kartoffel hat), einen Charity-Award (tu Dir auch mal selbst was Gutes), einen Hotel-Award (damit man weiß, wo man für mehr Geld gleich gut schläft wie woanders) und so weiter.

Außerdem gibt es einen Futurzone-Award, einen Drum Search-Award, einen StubHub-Award, einen MigAward, einen Constatinus-Award, einen Steam-Award, einen PR-Report-Award, einen Weinbauern-Award, einen Comeback-Award, einen Rookie-Award, einen Style-Award, einen Global Innovation-Award, einen Grammophon Classical Award, einen Citizen-Award und noch viele viele weitere, unter denen man sich so genau so wenig vorstellen kann.

Googel Sie einmal „Award" und wundern Sie sich.

Die Welt ist Award-süchtig!

Jeder möchte einmal im Rampenlicht stehen und einen Preis erhalten.

Jeder wünscht sich einen Award und bei dieser Fülle müsste auch jeder einen bekommen.

Sie haben noch keinen Award bekommen?

Was sind denn Sie für ein Looser?

Jeder Lehrling hat schon einen Award!

Ganz im Vertrauen (aber sagen Sie es bitte nicht weiter, damit mein Ruf nicht noch mehr ruiniert ist): Ich habe auch noch keinen Award verliehen bekommen.

Mein Hund auch noch nicht.

Daher rufe ich ab sofort weitere Awards ins Leben:

Den „LUMPI" für Hunde, die etwas Besonderes können.

Mein Hund zum Beispiel, der kann besonders gut sehr viel fressen.

Das ist doch awardverdächtig, oder?

Nein, sonst kann er nix.

Desweiteren gründe ich den „Clomuschel-Wisch-Award", den „Bierwegsauf-Award, den „Gehsteigkotz-Award", den „Nasenbohr-Award", den „RülpsundFurz-Award", den „Fürnixfähig-Award", den „Haxenweh-Award", den „Füralleszu-deppert-Award", den „Couchfummel-Award", den „Immer-nur-fernsehgaffen-Award", den „Nurfressen-undsaufenimschädl-Award", den „Komasauf-Award" und einige andere werden mir sicher auch noch einfallen.

Wäre ja gelacht, wenn ich nicht auch mal auf einer großen Bühne stehen und ganz überrascht und verlegen einen Award entgegennehmen könnte.

Die Laudatio wünsche ich mir dann vom Bundespräsidenten, denn der ist genauso unnötig wie die Awards.

Und meine Dankesrede habe ich auch schon geschrieben und griffbereit in der Schreibtischlade liegen:

„Ich danke meinen Eltern, dass sie mich gezeugt haben, meinen Lehrern, dass sie mich nicht erwürgt haben, meinen Nachbarn, dass sie noch immer mit mir reden, allen Autofahrern, dass sie mir immer ausweichen, meinem Hund, dass er mich noch nicht gebissen hat und ganz besonders danke ich meiner Frau, dass mich noch nicht gegen einen anderen Mann umgetauscht hat".

Letzteres hat allerdings seinen Grund.

Meine Frau wird mich nie verlassen, denn wer sonst außer mir verleiht ihr alle drei Wochen einen Award?

Sie hat schon den „Bestes Supperl-Award", den „Knusprigsten Schweinsbraten-Award", den „Großen Staubsauger-Preis", den „Fensterputz-Award", den „Vanillepudding-Award", den „Spritzigsteweissemischung-Award" (für meine deutschen Leser: „SpritzigsteWeinschorle-Award"), den „Wäschewasch-Award", den „Großen Bügelpreis", den „Stiegenaufundabwisch-Award" und noch viele viele Andere.

Nächste Woche wird übrigens dem Erfinder des Awards ein großer Award überreicht.

Hat er sich auch wirklich verdient.

Ohne sein geniale Idee wäre die Welt schon in Depression versunken und viele Vitrinen wären leer geblieben.

Also auf zu neuen Awards!

Wenn Sie mir einen Award verleihen möchten, dann rufen Sie mich bitte an.

Ich bin bereit!!

Übrigens:

Dieses Buch ist auch mit einem Preis ausgezeichnet worden:

ca. € 8,50.-

Glorreiche Ideen!

Kreuze, jahrhundertelang Symbol abendländischer Kultur und Symbol der katholischen Kirche müssen aus den Klassenzimmern verschwinden, um Andersgläubige nicht zu diskriminieren.

Wem ist denn das eingefallen?

Ich selbst war nie gläubig, aber die Kreuze haben mich in der gesamten Schulzeit nie gestört.

Ein Kreuz in der Schule heißt ja noch lange nicht, dass ich deswegen gläubig sein muss.

Ich habe auch nicht immer gelernt, obwohl Lehrer in der Schule waren.

Ich sterbe auch nicht, weil in der Auslage vom Blumengeschäft ein Kranz hängt.

Die allerallerallerdümmste Forderung kam jedoch von den jungen Grünen in Deutschland anlässlich der letzten Fußball-Europameisterschaft.

Diese forderten, auf deutsche Nationalflaggen zu verzichten, um Patriotismus und Nationalismus auszuschalten.

Deutsche Fans dürfen sich nicht mehr mit Flagge zu ihrem Team bekennen?

Ich glaube, ich kenne den nächsten Schritt: Die Abschaffung der Nationen, denn wir sind alle ein Europa!

Greifen wir also diese Vermutung auf und erstellen wir den Spielplan für die nächste Fußball-Europameisterschaft.

Vorrunde:

Spiel Europa gegen Europa.

Spiel Europa gegen Europa.

Spiel Europa gegen Europa

Spiel Europa gegen Europa

Europa gegen Europa

und so weiter.

Halbfinale:

Spiel Europa gegen Europa

Spiel Europa gegen Europa

Spiel Europa gegen Europa

Spiel Europa gegen Europa

Finale:

Europa gegen Europa

Europa ist Europameister!!

Spannend, oder?

Das würde auch das Problem vieler Spielsüchtiger lösen: Es gibt kein Verlieren mehr.

Europa gewinnt sicher.

Darauf kann man setzen.

Und die Idealvorstellung der jungen Grünen in Deutschland wäre sicher, die weltweite Abschaffung der Nationen, denn wir leben doch alle auf dem selben Globus.

Ich freue ich mich dann schon auf die nächste Fußball-Weltmeisterschaft, wenn die Welt gegen die Welt spielt und die Welt dann in einem spannenden Endspiel Weltmeister wird.

Damit hätte doch niemand gerechnet, oder?

Da kommen ganz neue Aufgaben auf uns zu, zum Beispiel bei den Olympischen Spielen ganz ohne Nationen und Flaggen.

Eröffnungszeremonie:
Einmarsch der Welt mit der Weltflagge!

Niemand ist diskriminiert.

Oder besser: Niemand ist interessiert.

Auch in anderen Bereichen würde die Abschaffung der Nationen einschneidende Änderungen bringen.

Man bräuchte nur mehr eine Ortstafel: WELT

Es gäb nur mehr Weltmusik, keine amerikanische mehr, keine südamerikanische mehr, keine afrikanische mehr.

Es gäbe auch keine Heimatromane mehr, sondern nur mehr Weltromane.

„Der Jäger von der Welt wartet im Weltwald hinter dem Weltberg gleich beim Weltwasserfall auf den Weltwilderer, um ihn mit seinem Gewehr (made in der Welt) zu erschießen.

Oder Märchen:

„Hinter den Weltbergen bei den 7 Weltzwergen...."

Also ihr lieben jungen grünen Querdenker aus Deutschland....sollte es so weit kommen, dann würde sicher die Mehrheit der Deutschen auch einer Abschaffung der Nationen zustimmen, denn dann müssten sich nicht die Deutschen alleine für Euch genieren, sondern die ganze Welt!

Enkerl im Wald

In irgendeiner Stadt irgendwo auf der Welt kommt die Oma auf Besuch und möchte ihrem Enkelkind ein ganz besonderes Erlebnis zuteil werden lassen.

Sie möchte mit ihrem Enkerl dort hin gehen, wo Stadtmenschen nur sehr selten hinkommen: In den Wald!

Also nimmt sie das Enkerl auf den Schoß und sagt zu ihm: „Ich fahre heute mit dir dort hin, wo es ganz viele Bäume gibt."

Das Enkerl antwortet: „Im Baumarkt war ich erst gestern. Papa hat einen Gummibaum gekauft."

Oma: „Nein mein Kind, wir fahren nicht in den Baumarkt, sondern in den Wald!"

Enkerl: „In den Wald? Was kostet denn das Eintritt?"

Oma: Das kostet gar keinen Eintritt!"

Enkerl: "Dann ist der Wald nichts wert. Mama sagt immer, was nichts kostet, ist nichts wert."

Oma: „Verstehe ich, mein Schwiegersohn hat auch nichts gekostet – außer Nerven."

Enkerl: „Was meinst du Oma?"

Oma: „Ach nichts. Habe nur laut gedacht."

Oma und Enkerl setzen sich ins Auto und fahren auf das Land in den Wald.

Enkerl."Oma, was sind denn das für komische Tiere da auf der Wiese. Die kauen Kaugummi."

Oma:"Nein, das sieht nur so aus. Das sind Kühe, die kauen Gras. Das sind Wiederkäuer."

Enkerl:" Das ist der Papa auch."

Oma: „Papa ist doch kein Wiederkäuer!"

Enkerl: „Doch, hat Papa selber gesagt. Er muss immer das wieder kauen, was ihm Mama am Vortag gekocht hat."

Oma: „Das ist was ganz Anderes. Die Kühe geben jeden Tag frische Milch."

Enkerl:"Wo kommen denn bei der Kuh da die Packerl heraus? Das muss doch weh tun."

Oma:"Die Milch wird erst in der Molkerei in die Packerl gefüllt. Die Kühe werden von der Bäuerin gemolken. Siehst du die Zitzen da unten, da zieht und drückt die Bäuerin herum und dann kommt die Milch heraus."

Enkerl: "Das habe ich schon mal gesehen, als ich zuhause heimlich ins Schlafzimmer geschaut habe. Papa hat nur eine Zitze. Da hat Mama auch Bäuerin gespielt. Aber die Milch haben wir trotzdem im Supermarkt holen müssen."

Oma: "Ach, so, äh....hast du vorher schon mal Kühe gesehen?"

Enkerl: "Schon oft. Im Fernsehen. Sag Oma, sind diese Kühe krank?

Oma: "Wieso sollen die denn krank sein?"

Enkerl: "Die sind alle schon braun und schwarz und gar nicht mehr Lila. Faulen die schon?"

Oma: "Nein, mein Kind, Kühe sind nicht Lila. Lila Kühe gibt es nur in der Werbung. In der Natur sind sie braun, weiß, schwarz gemischt."

Enkerl: "Das muss ich sofort morgen in der Schule erzählen. Das glaubt mir keiner."

Oma: "Schau, ein Ameisenhaufen!"

Enkerl: "Dieser Haufen stinkt ja gar nicht!"

Oma: "Nein, der ist auch nicht vom Opa."

Enkerl: "Schau Oma, eine Drohne!"

Oma: „Das ist keine Drohne, das ist ein Falke."

Enkerl: "Falke? Komischer Name für eine Drohne. Sieht auch komisch aus.

Oma: „Das ist keine Drohne. Das ist ein Vogel!"

Enkerl: " Ein Vogel? Vorhin hast du gesagt, ein Falke."

Oma: "Ein Falke ist ein Vogel. Es gibt viele Vögel."

Enkerl: "Und den größten Vogel hat der Opa."

Oma: "Was sagst du denn da?"

Enkerl: "Das hat der Papa gesagt. Erst gestern."

Oma: "So etwas sagt man nicht."

Enkerl: " Und was ist das für ein komischer Mann da drüben, der mit dem Jagdgewehr „Mauser Special M 03" in der Hand?"

Oma: „Woher kennst du ein Gewehr und noch dazu so genau dessen Bezeichnung?"

Enkerl: "Von der Schule. So ein Gewehr hatte Patrick letzte Woche mit in der Schule. Ich halte aber die Winchester für besser."

Oma. "Was du alles weißt. Kennst du dich in Mathematik auch so gut aus?."

Enkerl: "Mathematik? Was ist das?"

Oma: "Dieser Mann ist ein Jäger. Er erlegt mit seinem Gewehr Rehe, Hirsche und Hasen...."

Enkerl: "Und dann?"

Oma: " Dann werden die Tiere gehäutet und in Fleischstücke zerlegt."

Enkerl: "Wie umständlich. Wieso kauft er das Fleisch nicht gleich im Supermarkt. Dort gibt es alles schon zerlegt und tiefgefroren."

Oma: "Das Fleisch im Supermarkt muss ja von irgendwo herkommen....zum Beispiel vom Jäger."

Enkerl: "Ich möchte nicht, dass Tiere getötet werden."

Oma: "Dann darfst du kein Fleisch essen."

Enkerl: "Kann man Fleisch nicht künstlich herstellen?"

Oma: "Wenn ich an das letzte Rindfleisch denke, das ich in Aktion im Supermarkt gekauft habe, könnte es so sein."

Enkerl: "War das das Fleisch, an dem du 3 Tage gekaut hast, bevor du es mitsamt deinem Gebiss weggeworfen hast, weil es sich nicht mehr trennen ließ?"

Oma: "Genau."

Enkerl: "Wieso sind denn im Wald so viele Bäume. Man hat ja gar keine Aussicht."

Oma: "Wenn es im Wald keine Bäume gäbe, wäre es ja kein Wald."

Enkerl: "Stimmt. Dann wäre es der Garten von Tante Trude. Die hat keinen einzigen Baum im Garten, damit sie keine Arbeit mit dem Laub hat."

Oma: "Bäume sind wichtig. Die geben Sauerstoff zum Atmen".

Enkerl: "Sauerstoff gibt es auch in Flaschen. Wie wird der Sauerstoff von den Bäumen abgefüllt?"

Oma: "Gar nicht. Der Sauerstoff in Flaschen wird chemisch hergestellt."

Enkerl: "Wie dein Rindfleisch."

Oma: "Ohne Bäume und ohne Natur gibt es kein Leben!"

Enkerl: "Wieso wird dann immer mehr Wald abgeholzt?"

Oma: "Weil wir die Rohstoffe für unser Leben brauchen!"

Enkerl: Also was jetzt? Brauchen wir die Bäume zum Leben oder die Rohstoffe?"

Oma: "Beides, mein Kind. Wir zerstören unsere Umwelt, damit wir komfortabel leben können und mit unserem komfortablen Leben zerstören wir eigentlich das selbe auf Sicht gesehen wieder."

Enkerl: "Also sterben wir Menschen früher oder später einmal aus?"

Oma: "So wird es sein!"

Enkerl: "Und wieso muss ich dann noch zur Schule gehen, wenn wir eh alle aussterben?"

Oma: "Frag deinen Papa! Das nächste Mal gehen wir nicht in den Wald, sondern ins Kino...."

Das neue Lebensbewusstsein.

Es gab mal eine Zeit, da hießen die Leute Hans oder Sepp oder Georg oder Maria oder Magda oder Luise und wurden uralt.

Die Leute wohnten in einfachen Häusern oder Wohnungen, aßen, was ihnen schmeckte, tranken, nach was ihnen lüstete und schliefen in einfachen Betten.

Das war früher.

Heute lebt man anders.

Bewusster und sensibler. Alles wird analysiert, durchdacht und angepasst.

Wir sind zu Gast bei Familie Zeitgeist, die natürlich, wie es der Zeitgeist verlangt, alle tolle Vornamen haben.

Der Vater heißt Jörg-Benedikt, die Mutter Helga-Jaqueline, die Tochter Yasmin-Sophie und der Sohn Kevin-Nichtalleinzuhaus.

Am Morgen sitzen sie alle beim Frühstückstisch und genießen Ihr selbst zusammengestelltes Müsli aus biologischen Haferflocken, Dinkel, Buchweizen, Sesam, Sonnenblumenkernen, frischem Obst aus dem eigenen Garten, Milch von glücklichen Kühen (wie weiß man eigentlich, ob eine Kuh glücklich ist?) und einem Löffel selbstgezüchtetem Kefir.

Die Großeltern können leider am gesunden Bio-Frühstück nicht teilnehmen, denn sie fielen von der Leiter, als sie im Garten das frische Obst für das gesunde Müsli pflückten.

Nachdem die Familie noch je ein 1/8-Liter Direktfrischpresssaft von der Aronia-Wunderbeere konsumiert hatte, gingen sie ans Tagewerk.

Vater Jörg-Bendikt fährt mit seinem neuen, umweltfreundlichen Elektroauto in die Firma.

Tochter Yasmin-Sophie zieht ihre Fair-Trade-Mode aus dem Dritte-Welt-Laden an und fährt ebenfalls ganz umweltbewusst mit dem Elektroroller zur Uni.

Sohn Kevin-Nichtalleinzuhaus schlüpft in seinen Jogginganzug und setzt sich mit Cola und Chips auf die Couch.

Er ist in der Pubertät und der Querulant der Familie.

Mutter Helga-Jaqueline hängt inzwischen die Bettwäsche linksgedreht aus dem Fenster, um sie vom frischen Bio-Nordwind durchlüften zu lassen.

Familie Zeitgeist lebt rundum lebens-und umweltbewusst.

Während die Bettwäsche vom Nordwind durchlüftet wird, macht sich die Mutter an den Hausputz.

Die Lavendelsäckchen für das gesunde Hausklima werden durchgeschüttelt, das ganze Haus wird mit dem neuen Staubsauger mit Extra-Plus-Feinstaub-Filter durchgesaugt, danach die Raumluft mit einem Ionisator mit Ozon-Desinfektion atmungswürdig gemacht und mit einem biologischen Raumduft perfektioniert.

Zu Mittag serviert Mutter Helga-Jaqueline ihrer Familie das Essen:

Kräutersuppe aus handgepflückten Bio-Kräutern, dann veganes Cordon Bleu aus Tofu, gefüllt mit Sojabohnencreme und Melissenblättern, paniert mit in 5 Jahre in Eichenfässern gelagerten Kübiskernbröseln.

Dazu einen Feldsalat von einem garantiert überflugsfreien und daher nicht kerosinbelasteten Feld, handgepflückt von Bauern irgendwo im steirischen Bio-Hochland, abgemacht mit feinem, kaltgepressten Distelöl und Apfelessig direkt vom staatlich geprüften Bauernhof.

Getrunken wird zum kerngesunden, modernen Menü rechtsdrehendes Granderwasser.

Ja, man muss sehr auf seine Ernährung schauen, wenn man gesund leben und gesund bleiben möchte.

Am Abend, gleich nach dem üppigen Abendmahl bestehend aus Knäckebrot, linksundrechtsdurchdiemittegedrehten Topfenaufstrich, garniert mit selbst angebauten Schnittlauch von der Fensterbank geht es dann ab ins Bett.

Müde sinkt Familie Zeitgeist in ihre schadstofffreien Zirbenholz-Massivbetten, ausgestattet mit 7-Zonen-kaltgepressten Kautschuk-Matratzen mit Memory-Schaum und Aloe Vera-Gel-Pölstern.

Zugedeckt mit antiallergen ausgestatteten Öko-Bettdecken, gefüllt mit sechsmal gewaschener und siebenmal gekämmter Wolle vom Merino-Bergschaf aus geprüftem Gebirge, fallen sie in wohligen Schlaf.

Um die Gesundheit nicht dem Zufall zu überlassen, wird das gesunde Leben noch mit esoterischen Elementen unterstützt.

Auf jedem Nachtkästchen steht ein Rosenquarz gegen die Strahlenbelastung, unter dem Bett liegt eine doppelt gemoppelte Magnetdecke gegen Erdbelastungen und – sicher ist sicher – wacht über jedem Bett noch ein kuschelweißes Engelchen.

Natürlich wurde jedes Engelchen von unabhängigen Instituten auf Schadstoffe überprüft und von Hand aufgehängt (wäre mit den Füssen vermutlich auch sehr schwierig).

Es ist alles für ein bewusstes und gesundes Leben getan.

Bleibt nur noch eine Frage zu klären:

Weshalb leiden die Menschen trotz all dieser Bemühungen immer mehr an Allergien, Burnout und anderen schlimmen Krankheiten?

Ich glaube, ich kenne die Antwort:

Weil sich die Menschen bis an ihre Grenzen stressen, um „bewusst und gesund" zu leben!!

Die EU und die Sicherheit.

Die Granden der EU haben in langjährigen Ermittlungen Massenmörder aufgedeckt:

Die Maroniverkäufer!!

Seit Jahrzehnten verkaufen sie ihre heißen Maroni in gedrehten Stanitzeln aus Papier.

Nachdem ich viele Leser in Deutschland habe, nenne ich es international: In Tüten aus Zeitungspapier.

Und genau mit diesen Zeitungspapiertüten haben die Maroniverkäufer in den letzten Jahrzehnten Tausende, wenn nicht gar Millionen Menschen qualvoll umgebracht.

Denn laut EU-Erkenntnis ist die Druckerschwärze in den Maronipapiertüten in höchstem Maße gesundheitsgefährdend.

Angeblich haben schon viele depressive Menschen Suizid begangen, indem sie sich eine Tüte mit Maroni gekauft haben.

Für den ganz schnellen Selbstmord werfen sie die Maroni weg und essen die Tüte.

Daher gehören laut EU Tüten aus Zeitungspapier schleunigst verboten!!

Diese Erkenntnis aus der EU hat nun ganz Europa in Panik versetzt.

Wenn die heimtückische Druckerschwärze durch die dicke Schale der Maroni dringen und Gesundheit und Leben von Menschen gefährden kann, dann ist ja Zeitungslesen noch viel viel gefährlicher!!

Immerhin hat man die Zeitung mit der Druckerschwärze ungeschützt, also faktisch ohne Schale direkt in den Händen!!

Und das täglich, während man Maroni vielleicht 2 bis 3 mal monatlich isst, wenn überhaupt.

Vielleicht lesen Sie sogar mehrere Zeitungen pro Tag.

Dann sollten Sie schön langsam beginnen, Ihr Grab auszuheben, denn es ist ein Wunder, dass Sie überhaupt noch leben.

Zeitung lesen ist also nur mehr etwas für Lebensmüde und Abenteurer.

Ein sofortiges Verbot von Zeitungen, Zeitschriften und Büchern ist daher dringend und unumgänglich!

Die Türkei gehört zwar nicht zur EU, aber auch dort hat Präsident Erdogan die Gefährlichkeit der Druckerschwärze in den Zeitungen erkannt.

Er hat sofort die meisten der Redaktionen schließen lassen und die Journalisten in Haft genommen.

Haftgrund: Beteiligung am Massenmord von Zeitungslesern.

Das nenne ich konsequent.

Ich verstehe also nicht, was die Kritiker gegen Erdogan haben. Der ist doch wirklich nur um die Gesundheit seiner Bevölkerung besorgt.

Auch ich habe schon einige Menschen meuchlings mit meinen Büchern ermordet, indem sie von der Druckerschwärze vergiftet worden sind.

Dieses Buch können Sie ruhig noch zu Ende lesen. Genießen Sie es! Es wird Ihr letztes sein.

Wird die EU also auch das Herstellen von Zeitungen und Druckschriften verbieten?

Keine Sorge. Die Zeitungslobby ist zu groß, als das dies geschehen könnte.

Diese Lobby ist mindestens so groß wie die Lobby der Papierindustrie, welche die Maronitüten aus Zeitungspapier verbieten lassen möchte, um ihren Umsatz durch die Produktion von teuren druckerschwärzefreien Maronipapiertüten aufzupäppeln.

Und die EU spielt brav mit im Konzert der

Konzerne und Lobbyisten. Das wird sich nie ändern.

Daher möchte ich Sie schon jetzt im Voraus warnen, was noch an EU-Verboten auf uns zu kommt.

Verbot von Essbesteck:
Damit wird die Unfallgefahr bei Kindern und Senioren auf Null gesenkt....und auch das Risiko, dass bei Ehestreitigkeiten Messer und Gabel womöglich als Mordinstrumente verwendet werden, weil in großer Zahl vorhanden und rasch bei der Hand.

Verbot von Strumpfhosen:

Strumpfhosen werden von den EU-Denkern als höchst gefährlich eingestuft, vor allem dann, wenn in der Strumpfhose der Kopf eines Bankräubers steckt und jener eine Pistole in der Hand hat.

Ohne Strumpfhosen würde sich die Zahl der Banküberfälle augenblicklich auf eine Minimum reduzieren.

Nicht gänzlich, denn bei einem Strumpfhosenverbot würden sich natürlich mafiose Organisationen sofort auf die illegale Produktion von Strumpfhosen irgendwo in einem rumänischen oder polnischen Kellergewölbe spezialisieren.

Weitere geplante EU-Verbote:

Nasenbohr-Verbot:

Täglich verletzten sich Tausende Menschen beim Nasenbohren und zusammengerechnet fließen da täglich hunderte Liter Blut für immer verloren in die Taschentücher der Menschen.

Wertvolles Blut, das in gespendeter Form Menschenleben retten könnte.

Außerdem würde Europa nicht mehr von Tausenden Popeln übersät werden.

Ein Nasenbohrverbot ist also schon längst überfällig, auch wenn dabei für einige Menschen eine proteinreiche Ernährungsquelle wegfällt.

Verbot von Schuhen:

Täglich verletzen sich Tausende Menschen in Europa durch ihre eigenen Schuhe.

Frauen kippen mit ihren Highheels um und erleiden Knöchelbrüche und Bänderrisse.

Tausende Rentner stolpern täglich durch eingeschränkte Seh-und Bewegungsfähigkeit über ihre eignen Filzpantoffel und brechen sich entweder Oberschenkelhals, nur den Hals oder anderes Geknoche.

Bei jedem Schuh-Schlussverkauf verletzen sich vor allem Frauen, wenn sie sich um die preisreduzierten Modelle schlagen und raufen.

Das Schuhverbot soll angeblich noch Ende 2017 durchgesetzt werden und in Kraft treten, so dass wir bereits die nächsten Weihnachten bloßfüßig unter dem kerzengewärmten Christbaum verbringen können.

Sofern nicht Christbäume bis dahin auch verboten werden, denn alljährlich werden Menschen in Europa von umstürzenden Christbäumen erschlagen oder verglühen unter dem brennenden Christbaum zu Asche, die dann die ganze Wohnung versaut.

Europa wird also in nächster Zeit viel viel sicherer werden!

Das garantieren die Vor-Nach-und Nichtdenker in den einzelnen EU-Gremien, bei denen eines sichtbar wird:

Der Verstand ist in der EU offenbar noch in der Planungsphase, und wann dieser einmal eingeführt wird, wissen nur die Götter.

P.S.:
Ich hätte auch einen Verbotsvorschlag:

Atmungsverbot für sämtliche EU-Gremien!

Fröhlich Mutterwegs!

Die meisten freuen sich auf Muttertag.

Sie schenken der Mutter - wie alle Jahre - eine schöne weiße Bluse (wenn man wissen möchte, wie alt eine Mutter ist, braucht man nur im Schrank die weißen Blusen zählen. Das ist ähnlich wie mit den Jahresringen bei den Bäumen), bringen sie mit dem Auto zum „Gasthof der panierten Glückseligkeit", füttern sie mit Schnitzel, Kaffee und Torten voll und haben danach wieder 1 Jahr Erholungspause.

Nicht so bei meiner Mutter.

Meine Mutter ist 85, voller Elan und voller Jugendwahn.

Ihr Plus an Jahren macht sie mit einem Minus an Hemmungen wieder wett.

Letzten Muttertag, als ich sie vom Altenheim abholte, kam mir eine Frau im Minirock entgegen, mit einer knallroten Strähne im schütteren, grauen Haar und einem aufgemalten Totenkopf-Tattoo am Unterarm.

Das war meine Mutter.

Ich konnte sie nicht übersehen und auch ihre Begrüßung „Servas Oida" nicht überhören.

Meine Mutter lernt nämlich mit Engagement und Hingabe eine Fremdsprache:

Jugenddeutsch!

Um möglichst schnell vom Altenheim weg zu kommen, bevor mein letzter Rest an gutem Ruf ruiniert ist, klemmte ich mir beim Zudrücken ihrer Autotüre fast den Bauch ein.

Meine Mutter reagierte prompt.

„Pass auf deinen Brauereitumor auf und klemm dir nicht dein Alimentenkabel!"

Meine Frau blickte mich verständnislos an, denn sie kannte keine Jugendsprache.

Brauereitumor heißt Bierbauch und Alimentenkabel ist das beste Stück des Mannes.

„Du solltest endlich etwas gegen deinen Parmesanregen unternehmen! Außerdem hast du einen Nasenorgasmus!"

„Ja, Mutter, ich weiß, dass ich unter Schuppen leide, die kriegt man nicht so einfach weg und ich weiß, dass meine Nase rinnt."

Sie reichte mir ein Taschentuch.

„Da hast du eine Popelplane."

Im Gasthof ging meine Mutter zuerst in die „Pisseria" (Toilette) und bestellte dann eine Mafiatorte (Pizza) und schwieg gottseidank während des Essens.

Beim Nachhausefahren gerieten wir in eine Polizeikontrolle.

Die Polizei mochte meine Mutter gar nicht, seit sie ihr vor Jahren den Führerschein entzogen haben, weil sie auf der Autobahn wendete, um ihr vergessenes Handy zu holen.

Ihr Argument, ohne Handy sei ihr beim Autofahren langweilig, daher erledige sie alle Telefonate während des Fahrens trug beim Strafrichter nicht dazu bei, den Führerschein wieder zu erlangen.

Das einzige, was ihr blieb, war der Zorn auf die Polizei.

„Na ihr Blaupopscherl, chillt ihr wieder mitten auf der Straße?"

Einer der Polizisten bückte sich zum Auto und blickte durch das herabgelassene Fenster zu meiner Mutter.

Mutter: „Was schauen sie mich so an? Bin ich ein Kino?"

Der Polizist blickt weiter wortlos auf meine Oma, eine Antwort war ihm bislang noch nicht eingefallen.

„Haben Sie eine Blösch-Lizenz? Eine Lizenz zum Blödschauen?"

„Mama!! Sei still. Das sind Polizisten!!"

„Okay, dann haben sie die Lizenz. Bei so viel Polizei bekomme ich Augen-Tinnitus und Analhusten!"

Der Polizist hatte sich mittlerweile gesammelt und sagte zu meiner Mutter: "Sie dürfen nicht glauben, dass Sie mich beleidigen können, nur weil sie alt sind."

„Alt?? Ich?? Pass auf, was du sagst, du Opfer!"

„Mama!!"

„Weil es wahr ist. Da kommt dieser Alpha-Kevin (größter Dummkopf) und nennt mich alt, nur weil ich ein paar Furchen in meinem Gesichtsacker habe. Was glaubt denn dieser Polizei-Fötus (junger Polizist) eigentlich?"

Ich versuchte Mutter zu beruhigen, was aber angesichts der Tatsache, dass sie jemand „alt" genannt hatte, völlig unmöglich war.

„Er soll mal sein Gesicht anschauen. Voller Pickel. Das reinste Clearasil-Testgelände. Da bin ich mit meinem Hagelschaden (Cellulitis) am Arsch noch schöner als der im Gesicht!"

Dem Polizisten reicht es. Er holte seine Kollegen, telefonierte und sprach zu uns: „Sie sind alle auf eine Exkursion durch das Polizeirevier eingeladen, das Taxi kommt gleich."

Wenige Minuten später saßen wir alle zusammen im Arrestantenbus der Polizei und wurden aufs Revier gebracht.

Dort meinte ein Polizist zu meiner Mutter:"Ihre Beleidigungen werden ihnen eine schöne Stange Geld kosten."

„Mädel nicht herum und spiel hier nicht das Zornröschen. Meine Kieskneipe (Bank) hat Geld bis zum Krümelhusten (Kotzen). Also bleib schön cremig, hol deinen Taschendrachen (Feuerzeug) und bräune deine Lunge (rauche eine Zigarette). Außerdem bin ich unterhopft, also bring mir ein Bier, du Nullchecker und Pisaflüchtling (Schulabbrecher). Außerdem hast du voll krasses Mundpesto (Mundgeruch)!"

Das waren die letzten Worte, die ich von meiner Mutter hörte, bevor sie in der Zelle verschwand.

Nein, es waren die vorletzten.

Ihre letzten Worte waren:"Und morgen früh

wünsche ich ein Ghettofrühstück! (Einen Joint nach dem Aufstehen)".

Es war wie alle Jahre wieder einmal ein gemütlicher, schöner Muttertag.

Nächstes Jahr fahre ich mit meiner Mutter nach Albanien oder Georgien oder Kirgistan.

Auf jeden Fall irgendwo hin, wo sie keiner versteht....

All „to go".

Ein typisches Straßenbild in einer Stadt: Menschen hetzen durch die Straßen, in einer Hand das Handy, dass sie aber nicht bedienen können, weil sie in ihrer zweiten Hand etwas halten, dass den neuen urbanen Zeitgeist prägt: Einen Kaffeebecher.

Der Mensch von heute besitzt zwar sündteure Computer, Laptops und andere elektronische Hilfsmittel, die einem Zeit sparen, hat aber dennoch für nichts mehr Zeit.

Alles wird auf der Straße oder zumindest rasch im „Vorbeigehen" erledigt.

Coffee to go!

Der Kaffee wird auf der Straße im Gehen getrunken. In Einwegbechern oder designten Kaffeebechern aus Eigenbesitz.

Ausgewaschen werden die eigenen Kaffeebecher dann „to go" im Vorbeigehen beim Stadtparkbrunnen. Oder im Vorbeigehen bei Mama.

Essen to go!

Oder besser gesagt: „Essen to drive". Man fährt mit dem Auto bei irgendeinem Fastfood-Restaurant ins Drive-In, gibt bei Fenster 1 seine Bestellung auf, holt bei Fenster 2 seine Mahlzeit ab und düst los.

Gegessen wird während der Fahrt. Drive-In-Fans erkennt man an den Mayonnaise-und Senf-Flecken innen an der Windschutzscheibe, gleich neben den Salatblättern und Gurkenscheiben aus dem Riesen-Hamburger, die zusammen auf der Windschutzscheibe ein modernes Gemälde ergeben.

Meist die Folge einer Notbremsung, denn beim „Essen to drive" im Auto kommt es schon mal vor, dass man im wahrsten Sinne des Wortes Tomaten auf den Augen hat.

Wer das Essen im Auto nicht verträgt, kotzt dann aus Fenster 3.

Das ist die Seitenscheibe des Autos.

Gesetzlich ist es allerdings nicht erlaubt, während der Fahrt zu essen.

Wird man von der Polizei erwischt, dann gibt es einen „Strafzettel to go".

Love to go.

Der Mensch lebt nicht nur von Fastfood und Becherkaffee alleine. Er braucht auch ab und zu mal Liebe.

Die gibt es auch to go.

Eigentlich schon seit Jahrhunderten.

Das möchte ich nicht näher beschreiben, kennt eh jeder. Auch wenn sie es nicht zugeben.

Dennoch wird sich auch bei „Love to go" in Zukunft einiges ändern.

Für einen gemütlichen Puffbesuch mit Animation, Bartrinken, Zimmerbesuch mit anschließenden Relaxen im Whirlpool (in der Jugendsprache meiner Mutter auch „Eierkocher" genannt) hat der urbane Zeitgeist-Hetzer keine Zeit mehr.

„Love to go" wird sich in Zukunft ähnlich aufbauen wie die Fastfood-Restaurants.

Koje 1 bezahlen.

Koje 2 bumsen.

In Koje 3 sitzen dann Arzt oder Apotheker für die „Salbe to go" gegen Juckreiz, Filzläuse und dergleichen.

Zur „Zigarette danach" die „Salbe danach".

Arztbesuch to go.

Wenn Sie Ihren Arzt nicht im Puff besuchen

möchten, dann gibt es seit neuestem auch „Arztbesuche to go", auch Gemeinschaftspraxis genannt.

Sie durchlaufen „to go" mehrere Ärzte im selben Gebäude und sparen so Zeit.

Zimmer 1: E-Card lesen lassen.

Zimmer 2: Praktischer Arzt.

Zimmer 3: Ohrenarzt

Zimmer 4: Frauenarzt.

Zimmer 5: Orthopäde

Zimmer 6: Augenarzt

Und so weiter. Die Fachgebiete wechseln von Gemeinschaftspraxis zu Gemeinschaftspraxis.

Im Schnelldurchlauf werden so alle Leiden behandelt.

Auch solche, die sie gar nicht haben.

Arzt, Apotheker und Pharmaindustrie müssen leben.

Im Prinzip ändert sich durch den modernen Arztschnelldurchlauf beim „Arztbesuch to go" nicht viel zum klassischen Arztbesuch bisher.

Der hatte auch auch nie Zeit, um Ihnen zuzuhören und auf Sie einzugehen.

So gesehen liegt der Vorteil auf ihrer Seite, weil Sie durch den Ärzteschnelldurchlauf in der Gemeinschaftspraxis Zeit sparen.

Wertvolle Zeit, die Sie wiederum durch „Coffee to go", „Essen to go" oder „Love to go" nützen können.

In vielen Ehen gibt es „Love to go" bereits seit Jahren. Jeder geht für die Liebe zu einem oder einer Anderen.

Foto to go.

Man nennt diese auch „Selfie" und macht diese immer und überall, wo man nur hinkommt.

Vor jedem Auto, vor jedem Gebäude, vor jedem Flugzeug, vor jedem Promi, vor jedem Irgendetwas.

Alles ist wichtig, weil man selbst dort ist, auch wenn es keinen Anderen interessiert.

Für Gruppenselfies gibt es Selfie-Sticks, in der Jugendsprache meiner Mutter auch „Proleten-Antenne" genannt.

Damit gibt es dann noch bessere „Fotos to go".

Oder „Fotos to exitus", wenn man ein Selfi vor einem herannahenden Zug oder LKW macht.

Oder vor einer Schlucht, auf einem Baukran, vor einer Pistole und was den Selfiefreaks noch alles einfällt.

Menschen to go.

Auch Leiharbeiter genannt. Man nimmt Leute auf und entlässt sie nach einer Zeit wieder. Nicht sehr menschlich. Aber in den meisten Unternehmen existiert halt die „Menschlichkeit to go".

Die Menschlichkeit ist leider schon lange gegangen....

„Menschen to go" betrifft aber auch immer wieder fix Angestellte und Arbeiter, egal wie lange sie schon in der Firma sind.

Wenn die Auftragslage schlechter oder die Profitgier größer wird, dann heißt es für viele wieder „to go". Go home.

Gehirn to go.

Das ist noch Zukunftsmusik, die wahrscheinlich noch lange nicht gespielt werden wird. Man holt sich schnell ein „Gehirn to go", bevor man ins Auto steigt, etwas sagt, auf Facebook, Twitter oder wo auch immer, einen Kommentar postet oder als Politiker zur Bevölkerung spricht.

Der Bedarf wäre unendlich....

Die Parkplatzbremser.

Wer mit dem Auto unterwegs ist, hatte sie schon mindestens ein Mal vor sich und weiß, wovon ich schreibe: Von den Parkplatzsuchern mit der Ruhe eines Pandabären, mit der geistigen Reaktion eines Dinosauriers und dem Bewusstsein, völlig alleine unterwegs zu sein.

Diese Gruppe von Autofahrern fährt in einen Parkplatzbereich ein und bleibt sofort mitten auf dem Weg stehen, um Ausschau nach einem freien Parkplatz zu halten.

Egal, wie viele nachkommende Fahrzeuge bei der Parkplatzeinfahrt blockiert werden und egal, wie viele Fahrzeuge in der Abbiegespur zum Parkplatz verrecken.

Sie stehen mitten im Einfahrtsbereich und schauen.

Und stehen und schauen. Und stehen und schauen. Und stehen und schauen.

Egal, wie lange die sich rasch aufgebaute Fahrzeugschlange schon zurück staut.

Sie stehen und schauen. Und stehen und schauen. Und stehen und schauen.

Hupkonzerte nehmen sie, wenn überhaupt, höchstens als Backgroundmusik auf und wundern sich, was für ein Lärm heute schon wieder in der Stadt herrscht.

Sie stehen und schauen. Und stehen und schauen. Und stehen und schauen.

Inzwischen spielen sich in der aufgestauten Fahrzeugkolonne bereits Dramen ab.

Begutachtungsplaketten (in Österreich liebevoll Pickerl genannt) laufen ab, Autos verrosten, Kinder werden geboren, Menschen versuchen verzweifelt, ihren Hunger mit einem Biss ins Lenkrad zu stillen und haben bereits 3 CD-Hüllen, das Armaturenbrettputztuch und den Sitzschonbezug verspeist.

Autos werden verkauft, Kinder werden gezeugt, Windschutzscheiben erblinden, Treibstofftanks leeren sich, Reparaturen werden fällig, Termine abgesagt.

Und vorne?

Sie stehen und schauen. Und stehen und schauen. Und stehen und schauen.

Es dauert noch.

Bis das Auge einen frei werdenden Parkplatz erspäht, bis die Meldung vom Auge im Gehirn angelangt ist, bis das Gehirn an den restlichen Körper den Befehl gibt „einparken!" und die dazu notwendigen Körperteile dann den Befehl ausführen, das kann bei diesen Menschen sehr lange dauern.

Waren es seinerzeit bei einem Dinosaurier rund 5 Minuten vom Erkennen einer Gefahr bis zum loslaufen, so dauert es bei einem dieser Parkplatzsucher schon erheblich länger.

Der Mensch hat sich von der Saurierzeit bis heute ja weiter entwickelt.

Zumindest in der Dauer seiner Reaktionszeit.

Sie stehen und schauen. Und stehen und schauen. Und stehen und schauen.

Und in der Kolonne dahinter?

Kinder werden getauft, Handyakkus leeren sich, Reifen verlieren Luft, Haare gehen aus, Thrombosen entstehen, Menschen feiern Geburtstag, Kinder werden erwachsen, Ehen werden geschieden. Die Ex-Frau oder der Ex-Mann lebt jetzt in einem anderen Auto im Rückstau.

Und vorne?

Sie stehen und schauen. Und stehen und schauen. Und stehen und schauen.

Ähnliches wird auch immer wieder bei Einfädelspuren beobachtet.

Sie stehen und schauen. Und stehen und schauen. Und stehen und schauen.

Und warten offenbar auf das Aussterben des Autoverkehrs, bevor sie sich trauen, in die andere Straße einzufahren.

Daher meine Tipps an alle Autofahrer:

Immer ausreichend Wasser, Lebensmittel und einen kleinen Campingkocher samt Campinggeschirr mitführen.

Sollten Sie so eine/n ParkplatzsucherIn vor sich haben, werden Sie für einen kleine, warme Mahlzeit dankbar sein.

Immer einen Zettel mit Ihrem Namen und Ihrer Wohnadresse mitführen, denn es ist nicht ausgeschlossen, dass Sie inzwischen vergessen, wer Sie sind und wo Sie wohnen.

Und ganz wichtig: Immer einen faltbaren Christbaum im Kofferraum verstauen, denn es ist nicht sicher, ob Sie rechtzeitig zu Weihnachten wieder zu Hause sein werden.

Denn vorne an der Parkplatzeinfahrt hat sich nichts verändert:

Sie stehen und schauen. Und stehen und schauen. Und stehen und schauen....

Übrigens: Gleich rechts wäre die Einfahrt zur freien Tiefgarage.

Shopping in Ungarn.

Was ist der Menschen liebstes Hobby?

Lesen?

Das müsste ich an den Umsatzzahlen meiner Bücher merken. Merke aber nichts.

Sport?

Guter Witz! Da lachen sogar noch die gebratenen Hühner am Grill samt dem Kebap.

Das liebste Hobby der Österreicherinnen und Österreicher ist eindeutig „Shoppen".

Würde Sport mit der selben Häufigkeit und Intensität ausgeübt werden wie das Shopping, dann würde Österreich sämtliche Disziplinen in sämtlichen Sportarten bei sämtlichen Weltmeisterschaften und Olympischen Spielen haushoch gewinnen.

Ganz ohne Doping.

Weshalb sollte es dann bei meinen Verwandten anders sein?

Sie sind gute Österreicherinnen und Österreicher, ergo also auch gute Shopper und Shopperinnen.

Aber meine Verwandten shoppen nicht nur

in Österreich. Sie sind international unterwegs.

Dank der Grenznähe zu Graz am öftesten in Ungarn.

Mit mehreren Autos wird die Grenze überschritten, gleich eines Migrantenstromes, jedoch bleiben hier die ungarischen Behörden gelassen, denn der Strom kommt aus der falschen Richtung.

Kein Migrant flüchtet von Österreich nach Ungarn, zumindest nicht freiwillig.

Nach einem kleinen Frühstück zur Kräftigung geht es los.

Der Verwandtenstrom setzt sich in Bewegung.

Sorgfältig wird Stand für Stand im großen Einkaufsmarktgelände abgeklappert.

Die Verkäufer, meist Ungarn oder Rumänen freuen sich immer wie die Schneekönige, wenn sie meine Verwandten (aus den vielen vorangegangenen Shopping-Besuchen schon bestens bekannt) erblicken.

Sie begrüßen meine Verwandten schon von Weitem auf das Herzlichste, ölen noch rasch ihre Stimmbänder mit einem Schluck aus der Flasche, damit der dann folgende Wortschwall auch flink und flüssig über die

Lippen kommt.

Haben meine Verwandten dann bei ihren Ständen eingekauft, verschwinden die Händler immer rasch in ihren kleinen Kämmerchen, um ihre Autohändler anzurufen und sich das neueste BMW-Modell zu bestellen.

Das geht sich meistens aus.

Und weiter geht es von Stand zu Stand...und bei jedem Stand kann man mehrmals das am meisten verwendete Shopping-Wort meiner Verwandten hören.

Das lautet: „Mei liab!"

Auf Hochdeutsch in etwa mit „Wie lieb" zu übersetzen.

Dieses Wort hört man dann bei jeder 2. Bluse, jeder 2. Hose, bei jedem 2. Pullover, bei jedem 2. Hemd, bei jeder 2. Jacke und was es halt sonst noch zu shoppen gibt.

Einzige Ausnahme sind Schuhe.

Zumindest bei den weiblichen Verwandten.

Bei den Schuhen hört man das „Mei liab" fast bei jedem Paar.

Schuhe haben eben bei Damen eine Ausnahmestellung.

Beim letzten Ungarn-Shopping vor ein paar Tagen hat bei einem Einkauf meiner Schwägerin plötzlich ein rotes Licht aufgeleuchtet, begleitet von einer Sirene.

Es war das 100. Paar Schuhe, das in diesem Jahr von meinen Verwandten gekauft worden war.

Ein Grund zum Feiern.

Der ganze Ort wurde mit Girlanden geschmückt, die Kinder bekamen schulfrei und die Feuerwehr stand Spalier, als meine Verwandten den Markt verließen.

Für den nächsten Besuch meiner Verwandten ist dann vom Bürgermeister ein Empfang mit Blaskapelle und persönlicher Dankesrede von ihm geplant.

So sehr freut er sich darüber, dass meine Verwandten mit ihren Shoppingtouren das Überleben seiner Gemeinde sichern.

Wahrscheinlich dauert es nicht mehr lange und sie werden alle Ehrenbürger.

Shopping verbindet mittlerweile mehr Menschen als Sport....

Wenn da nicht der Kopftopf pfeift....

Bonus-Gedicht

Regentag in Bibione.

Schwere Tropfen,
leere Stühle,
zur Besinnung
kommen die Gefühle.

Frustriert am Himmel
die Möwen kreisen,
es ist niemand da
zum auf'n Schädel scheißen!

DANKESCHÖN !

Ganz besonderer Dank gilt wieder

Richard Klingenbrunner
von
RK-Design,

der auch für dieses Buch das professionelle Cover gestaltet hat.

Danke für die wertvolle Unterstützung!

Aushaltsverzeichnis:
(Diese Geschichten müssen Sie aushalten):

1: Satirische Leseranalyse, Seite 4
2: Beipackzettel des Grauens, Seite 13
3: Die armen Kinder, Seite 21
4: LEBE wohl, Seite 24
5: Taxi, Taxi, Seite 28
6: Das Fiat Panda Trauma, Seite 34
7: Vater unser des Spielers, Seite 38
8: Vater unser des Alkoholikers, Seite 39
9: Vater unser des Arbeitsscheuen, Seite 40
10: Sag es mit dem Hunde, Seite 41
11: Hunde-Kommandos, Seite 42
12: Hoch die Fähnchen, Seite 44
13: Die Magie der Werbefahrten, Seite 49
14: Heavy Metal Mädel, Seite 56
15: Trendsetter & Co, Seite 61
16: Alles Nazi oder was?, Seite 65
17: Die Katastrophskis, Seite 67

PINKEL-PAUSE Seite 70

18: Kapselmania, Seite 71
19: Weltsprache WhatsApp, Seite 75
20: Awards für alle, Seite 82
21: Glorreiche Ideen, Seite 87
22: Enkerl im Wald, Seite 91
23: Das neue Lebensbewusstsein, Seite 98
24: Die EU und die Sicherheit, Seite 103
25: Fröhlich Mutterwegs, Seite 109
26: All „to go", Seite 115
27: Die Parkplatzbremser, Seite 122
28: Shopping in Ungarn, Seite 126
29: Bonus-Gedicht